Nino Vetri

DIE LETZTEN STUNDEN MEINER BRILLE

Aus dem Italienischen von
Adelheid Mittorp

edition.fotoTAPETA
Berlin Warszawa

ISBN 978-3-940524-10-2

Die italienische Originalausgabe erschien unter dem Titel
Le ultime ore dei miei occhiali

Umschlaggestaltung: Gisela Kirschberg, Berlin
Satz und Gestaltung: Gisela Kirschberg, Berlin
Druck: OPOLGRAF S.A., www.opolgraf.com.pl

Gesetzt aus der Minion und Frutiger

Ringraziamo per il sostegno
Annamaria Saponara & Gustavo Tani

Die letzten Stunden meiner Brille

„Was soll ich der Ärztin sagen? Welche Beschwerden habe ich? Mir geht's doch blendend …"

„Gedächtnisstörungen, Papa …"

„Aha!"

Sagt mein Vater, während ich ihn nach Messina fahre zu der Ärztin, bei der er in Behandlung ist …

„Aber wenn's mir doch gut geht, warum fahren wir dann zum Arzt? Was für Beschwerden habe ich denn?"

„Gedächtnisstörungen, Papa …"

„Aha!"

Mein Vater hat Mühe, sich an Dinge zu erinnern, die vor kurzem passiert sind. An die weiter zurückliegenden, solche aus seiner Jugend, aus seiner Kindheit oder auch aus der seiner Kinder, erinnert er sich haargenau.

Einmal habe ich Karkadé gekauft. Ich hab es im Regal eines Supermarkts gesehen, „aus den Blüten des Hibiskus gewonnenes teein-freies Getränk, durstlöschend, wenn es kalt mit ein wenig Orangenschale getrunken wird", stand auf dem Etikett.

Ich habe gemerkt, dass mein Vater blass wurde, als er die Packung sah. Er hat mir dann erzählt, das sei das Getränk seiner Kindertage gewesen. Als mein Großvater vom Albanien-Feldzug zurückkehrte, hatte er riesengroße Jutesäcke mitgebracht, voller Hibiskusblüten und voller kurzer Nudeln. „Hebt sie gut auf", sagte er, „weil man weiß nicht, was noch kommt".

Dann fuhr er wieder los. Sie legten die Säcke auf den Grund einer leeren Zisterne im dem Haus auf dem Land, in das sie geflohen waren. Während seiner ganzen Kindheit, und sein Vater wer weiß wo, hat mein Vater Karkadé getrunken und kurze Nudeln gegessen, mit Tomaten aus dem eigenen Garten.

Meine Mutter beobachtet das Verhalten meines Vaters genau, um zu sehen, ob seine Beschwerden schlimmer werden. „Heute hat er mich gefragt, wo der Kühlschrank ist", sagt meine Mutter zu mir.

Wenn ich nicht zur Schule ging, bin ich gern durch die Stadt gestreunt. Wir spielten Tischtennis, dann bin ich in den Plattenladen am Corso gegangen. Neulich war ich wieder da, er ist genauso wie damals. Auch der Name, der war schon damals aus der Mode: Gigi Sound, hieß er. Auch die Platten waren dieselben. Die letzte von Venditti, Die schönsten

Lieder von Loretta Goggi, „*I Cugini di Campagna*", ein paar Platten von Ciampi … Amedeo Minghi …

Auch die Preise waren fast die gleichen, weil die Platten (die, dieselben waren) runtergesetzt waren. „Maxi-Angebot vier Euro" stand da.

Wer weiß, wie der überlebt, dachte ich …

Gigi Sound wurde unser Codewort, wenn wir nicht in die Schule gehen wollten. Morgen Gigi Sound? Sagten wir. Und statt vor dem Gymnasium herum zu stehen, traf man sich vor dem Plattenladen.

In dem Laden habe ich die erste Platte der Ramones gekauft. Ich habe das Cover gesehen mit allen Bandmitgliedern drauf, sie lehnten an einer Mauer und hatten die Hosen an den Knien aufgerissen, ich habe mir Geld geliehen und die Platte gekauft.

Die einzige Stereoanlage, die wir zu Hause hatten, stand im Wohnzimmer. Als ich die Platte auflegte, gefiel sie mir sofort. Nur kam es mir seltsam vor, auf dem Sofa im Wohnzimmer zu sitzen und sie zu hören und dabei Tee zu trinken … nicht mal wenn es Chopin wäre … dachte ich.

Mein Vater schaute zur Tür rein. Er sagte nichts.

Einmal hat die Nachbarin geklopft, die protestantisch war, glaube ich, oder einer anderen komischen Religion angehörte, „könntest du diese Satansmusik leiser stellen?" hat sie zu mir gesagt. Das ist keine Satansmusik, habe ich geantwortet, die ist lustig. Jedenfalls habe ich die Lautstärke runtergedreht. Es störte mich langsam, die Ramones im Wohnzimmer zu hören.

Einmal, fällt mir ein, bin ich beinahe an einem Sonntag zur Schule gegangen. Ich bin um 7 Uhr aufgestanden, ich wusste nicht, welchen Tag wir hatten; ich habe wahllos ein paar Bücher in meinen Rucksack gestopft, bin zur Bushaltestelle gelaufen und habe gemerkt, dass niemand da war. Erst da habe ich begriffen, dass Sonntag war. Ich bin nach Hause zurückgegangen und habe mich wieder ins Bett gelegt.

Daran erinnert sich mein Vater. Noch heute zieht er mich damit auf, dass ich an einem Sonntag zur Schule gehen wollte.

Einige Zeit nachdem ich die Platte der Ramones gekauft hatte, fing auch ich an, mit einer Lederjacke rumzulaufen und in Hosen, die an den Knien aufgerissen waren. Mein Vater hatte eine Linie des Laisser-faire angenommen … er sagte nichts …

Meinen Großvater traf das mehr. „Was ist das denn für eine Mode?“ sagte er und rümpfte die Nase.

Aber er war Futurist gewesen, und er verstand mich besser, glaube ich.

Als ich klein war, kam mein Großvater mit seinem Auto auf den Hof unseres Hauses gedonnert, dann stemmte er die Hände in die Hüften, rief meinen Namen und sagte „Barbiere!", und er brachte mich zum Friseur, um mir die Haare ganz kurz schneiden zu lassen.

Wenn der Friseur mich auf das Pferdchen setzte, regte er sich furchtbar auf, „er ist kein Neugeborenes, der Caruso!", polterte er und breitete die Arme aus.

Mein Großvater veränderte oft sein Aussehen. Mal trug er einen schmalen Schnauzer, mal einen Spitzbart, manchmal einen Vollbart. Aber immer die Hände in den Hüften und das Kinn in die Höhe gereckt. Ein Erbe. „Jetzt spielen wir aber nicht das Muttersöhnchen!" sagte er zu mir.

Auch zur Schule ging ich in dem Aufzug. Die Lehrer schüttelten den Kopf.

Wenn man dann auf der Straße jemanden traf mit zerrissenen Hosen an den Knien, musterte man sich, so ähnlich wie Hunde es machen, und dann redete man miteinander.

In kurzer Zeit waren wir vier oder fünf mit Löchern in den Hosen. Die wenigen alternativen Clubs, die es in der Stadt gab, schlugen uns die Türen vor der Nase zu, und die Gäste verbarrikadierten sich drinnen. Wir klopften höflich an. Wir sind keine Gang, sagten wir, es half nichts, für lange Zeit blieben wir draußen. Dann haben wir eine kleine Bar in einer Gasse im Zentrum entdeckt und fingen an, uns dort zu treffen. Sie hieß Liberty Bar.

Irgendwann kam uns, also denen mit den Löchern in den Hosen, der Gedanke, zur Aktion überzugehen. Das heißt, nicht nur die Platten der anderen zu hören, sondern selber Musik zu machen.

Ich entschied mich für den Bass, einfach deshalb, weil er weniger Saiten hat als eine Gitarre – eine grundsätzliche Erwägung für einen Anfänger. Den Unbegabtesten von uns haben wir ans Schlagzeug gesetzt. So wie, wenn man Fußball spielt, der Schwächste ins Tor geht …

Der Gitarrist war der Beste von uns, er spielte schon vorher Gitarre, nur dass er ausschließlich Stücke von Dylan und de Gregori konnte. Wir mussten einige Überzeugungsarbeit leisten, was nicht einfach war …

„Erinnerst du dich, als wir uns in Jugoslawien verfahren haben? In Banja Luka?" fragt mich mein Vater. „Die Türken, die aus Deutschland zurückkehrten, saßen am Straßenrand auf Perserteppichen, ruhten sich aus und tranken Kaffee und aßen. Weißt du noch? So viele Teppiche. Weißt du noch, wie heiß es war?"

Das fragt mich mein Vater, der nicht mehr weiß, wo der Kühlschrank ist …

Meinem Großvater erschien die Reiserei mit dem Wohnwagen durch Europa verrückt. Sein Haus auf dem Land zu verlassen, um wie die Zigeuner rumzuziehen.

„Da kehren die Zigeuner heim", sagte er, wenn wir von unseren Fahrten zurückkehrten. Er drehte sich um und ging ins Haus. „Da sind die Nomaden ja wieder …"

Für meinen Großvater gab es keinen besseren Ort, um die Ferien zu verbringen, als sein Haus auf dem Land. „Dieses Haus hat sarazenische Grundfeste" sagte er. „Und ihr haut ab mit dem Wohnwagen."

„Wie viel Kaffee diese Türken tranken auf den Teppichen, erinnerst du dich? In Banja Luka?" sagt mein Vater.

Als wir kleiner waren, meine Cousins und ich, stiegen wir heimlich in ein bestimmtes Zimmer ein, im Haus meines Großvaters auf dem Land. Für uns war es ein geheimes und rätselhaftes Zimmer. Wir warteten mittags, bis er einschlief und sobald man sein Schnarchen hörte, schlichen wir die Treppe hoch, die zu diesem Zimmer führte.

Auf Zehenspitzen schlichen wir die Wand entlang, gelangten bis vor die Tür, die immer abgeschlossen war. Aber das Schloss ließ sich mit jedem anderen Schlüssel aus dem Haus öffnen. Wir nahmen den vom Badezimmer und öffneten.

Das Haus meines Großvaters auf dem Land war hinter Bäumen versteckt. Es lag weit ab von der Straße oben auf einem kleinen Hügel. Es tauchte plötzlich vor dir auf am Ende einer baumgesäumten Straße, die nicht asphaltiert war.

Es hatte ein großes Zimmer mit einem gewaltigen Kamin. Vor diesem Kamin habe ich viele Wintersonntage verbracht.

Die Eier, die in der heißen Asche gekochte wurden, sind wunderbar.

„Also wenn wir angekommen sind, was soll ich der Ärztin sagen?“

„Gedächtnisstörungen, Papa …“

„Ach ja!“

Einmal in Kroatien gerieten wir aus Versehen auf einen FKK-Campingplatz. Meine Mutter hielt meiner Schwester die Augen zu. Dann haben wir ganz schnell den Rückwärtsgang eingelegt. Was haben wir an dem Tag gelacht!

Tagelang fragte mich danach meine Schwester, die das Spektakel verpasst hatte, „also wie waren denn diese FKK-ler?“

„Sie hatten verbrannte Ärsche“, antwortete ich.

Wie arm die Märkte in Jugoslawien damals waren.

An den Ständen gab es nur Schweinsköpfe und Hühnerbeine. Mein Vater ahmte Kühe nach, indem er mit den Zeigefingern Hörner nachmachte. „Wo diese sein?“ sagte er. Ich erinnere mich an eine alte Frau ohne Zähne, die lachend antwortete und dabei die Arme ausbreitete.

Unsere ersten Treffen waren eigentlich keine Proben, wir kamen einfach zusammen in dem Raum einer Anarchogruppe mitten in der Altstadt, in einem schönen alten Palazzo, mit einer großen Eingangshalle und einem riesengroßen Feigenbaum dort in der Mitte. Es war ein winziges Zimmer mit Majoliken, im obersten Stockwerk des Palazzo. Wir mussten leise reden, weil die Nachbarn nicht den geringsten Lärm vertrugen … Wer zu spät kam, klopfte mit konspirativem Getue leise an die Tür. Die Diskussionen drehten sich im Wesentlichen darum, den Gitarristen zu überzeugen, Dylan sein zu lassen und sich die Haare zu schneiden …

Und dann sponnen wir ein bisschen herum, von den Liedern, die wir schreiben würden.

Vom Krieg sprach mein Großvater nie. Wenn ich danach fragte, antwortete er, „ach was willst du denn wissen … alte Geschichten, hässliche Geschichten …“

So redete er. Einige Berichte konnte ich meiner Großmutter und meinem Vater entlocken.

Ich habe erfahren, dass mein Großvater in Albanien eine Lastwagenkolonne befehligte. Dass er als Offizier seinen persönlichen LKW hatte. Dass er ihn eingerichtet hatte mit Teppichen, die aus einer Moschee entwendet worden waren. Dass er sogar ein Ehebett und einen Holzofen hinten in dem Lastwagen hatte.

Einmal ist er eingeschlafen in seinem Bett inmitten von Teppichen, der Fahrer hat sich verfahren, ist hinter die feindliche Linie geraten, und dafür ist mein Großvater ausgezeichnet worden.

Aber vielleicht war das auch in Jugoslawien …

„Heute hat Vater das Brot in den Kleiderschrank getan", erzählt mir meine Mutter. „Das kommt schon mal vor", sage ich, um die Sache herunterzuspielen.

Für meinen Großvater teilten sich die Dinge auf in formidabel (positiv) und rustikal (negativ) auf.

Einige moderne Motorräder waren rustikal, die Moto Guzzi Falcone, die er während des Krieges hatte, war formidabel. Alle modernen Häuser waren rustikal, sein Haus auf dem Land war formidabel. „Sarazenische Fundamente." Sagte er.

Auch Menschen waren zum Teil rustikal, „Rustica progenie semper villana fuit"*, sagte er, andere formidabel.

Ein Wochenende in einer Pension zu verbringen

war rustikal. Ein Gelage bei ihm zu Hause mit Aberdutzenden von Freunden war formidabel.

Winterurlaub im Schnee rustikal. Ein Spaziergang durch die Eichenwälder der Madonien formidabel.

Auch negative Sachen konnten formidabel sein, wenn sie gut gelungen waren in ihrer Negativität.

„Ich habe formidable Kopfschmerzen", sagt er fast stolz, mit den Händen in den Hüften.

„Also wie waren diese verbrannten Ärsche?" fragte mich meine Schwester.

„Lila, wie die der Affen". Sagte ich.

Jahrelang stellte sich meine Schwester den FKK-Campingplatz vor wie einen von Menschenaffen mit lila Hintern bevölkerten Wald.

Wie gesagt, wenn sonntagnachmittags das mächtige Schnarchen meines Großvaters ertönte, begannen wir – die Enkel – die Annäherung an die geheime Kammer. Wir sahen uns an; einer ging los, um nachzusehen, ob die Luft rein war. Wir horchten auf das Schnarchen. Wir nahmen den Badezimmerschlüssel und betraten das Zimmer. Es lag immer im Halbschatten, mit halbgeschlossenen Fensterläden. Es gab darin eine riesige Büste von Mussolini, ein Gewehr und zwei gekreuzte Schwerter, die an der

Wand hingen. Und es gab einen Schrank mit Schubladen. Wir öffneten sie ganz vorsichtig. Darin lagen Bajonette, Patronen, ein Trommelrevolver …

Wir nahmen all diese Sachen und reichten sie ganz vorsichtig weiter von Hand zu Hand, in absolutem Schweigen. Einmal, erinnere ich mich, habe ich sogar eine Patrone in eine Pistole gesteckt. Dann beim leisesten Geräusch von draußen, legten wir alles zurück und liefen davon.

Aber unser eigentliches Ziel waren ein großer Pappkarton, der auf dem Schrank lag, und ein legendäres riesiges deutsches Maschinengewehr, von dem wir gehört hatten, dass es quer im Schreibtisch versteckt sei. Man müsste nur die Abdeckung wegnehmen und den Arm hinein stecken …

Das war, als wir klein waren.

Im Anarchozentrum sprachen wir über das, was wir machen würden, über die Musik, die wir komponieren würden. Aber dort spielen war unmöglich: das erlaubten die Nachbarn nicht.

Eines Tages habe ich im Bus einen getroffen mit einem Anstecker der Sex Pistols an der Jacke. Er sagt, sein Vater habe eine Garage, und er selber spiele seit kurzem Schlagzeug.

Meazzi. Die Marke des Schlagzeugs.

Er sagt, er habe seinen Vater gefragt, ob der das

Auto nicht rausfahren könne aus der Garage, weil er brauche sie zum Proben. Und sein Vater habe gesagt: in Ordnung (Laisser-faire). Dann hören wir also voneinander … So sind wir verblieben.

„Heute ist dein Vater raus gegangen, um Brot zu kaufen. Er kam nach zwanzig Minuten zurück und fragte: Was sollte ich noch kaufen?“ erzählt mir meine Mutter. Das kommt vor … Einmal bin ich in Hausschuhen zur Schule gegangen. Falls dich das trösten kann.

Im Anarchozentrum habe ich die gute Nachricht überbracht. Wir haben eine Garage und einen Schlagzeuger. Nur einer fand das nicht toll, nämlich der Unbegabte. Und was spiel ich dann? Sagte er. Aber dann hat er selbst einen Rückzieher gemacht. Ich leihe mir die Gitarre von meinem Onkel, der spielt nicht mehr, und ans Schlagzeug setzen wir den mit der Garage.

Hat er gesagt. Im Übrigen, genauso wenig wie ich Schlagzeug spielen kann werde ich auch nicht Gitarre spielen können. Meinte er. Der andere Gitarrist, der, der ganz gut war und Dylan hörte, schlug die Hände vorm Gesicht zusammen.

Ich habe den Typen angerufen, den ich im Bus getroffen hatte …

Ich habe alle in einem Klima allgemeiner Skepsis zu einem Treffen mit dem Schlagzeuger mit Garage überzeugen können. Wir kamen bei ihm an und haben uns vorgestellt. Der Unbegabte sagte: Ich bin der Gitarrist. In seinem ganzen Leben hatte er noch keine in der Hand gehabt. Der Dylanliebhaber schüttelte den Kopf. Okay, sehen wir uns die Garage mal an. Sagte jemand. Wir gingen runter, hinter einem Palazzo schob er ein Rolltor hoch … Eine Garage! Wir sahen uns mit leuchtenden Augen an …

Einmal habe ich meinen Großvater gefragt und es mit einem Überraschungsangriff versucht, aber wieso hattest du ein Bett in deinem Lastwagen? Und wenn ich mit einer Slawin ins Bett wollte? Hat er mir geantwortet …

Mein Vater hat mir erzählt, wenn die amerikanischen Bomber kamen und den Hafen anflogen, verdunkelte sich der Himmel, so groß waren sie und so viele. In ihrem Haus in den Hügeln, wo sie lebten, fing alles an zu vibrieren, dann gab es eine Art langer Sonnenfinsternis, dann stürzten die Flugzeuge davon Richtung Stadt und die Sonne tauchte wieder auf. Mein Vater sagte: Zum Glück sind wir weit weg vom Hafen und von der Stadt.

Einmal war mein Vater mit meiner Großmutter in der Stadt unterwegs, die Sirene hatte nicht geheult, und zu spät hatten sie gemerkt, dass ein Bombenangriff begann. Sie rannten in eine Bäckerei und verkrochen sich mit anderen Unbekannten unter der Theke. Sie drückten sich alle aneinander, all diese Unbekannten unter der Theke des Bäckers, während draußen alles wackelte und zitterte und man die Bomben ganz nah einschlagen hörte. Als sie aus dem Laden raus traten, rauchte die ganze Straße. Es war der Staub der eingestürzten Häuser.

Einmal, erzählt mir mein Vater, als sie noch in der Stadt wohnten, fing die Sirene an zu heulen, die die Bombenangriffe ankündigte. Meine Großmutter war barfuss und fand ihre Schuhe nicht. Sie entschied sich also, nicht in den Luftschutzraum zu gehen. Es gehört sich nicht für eine Dame, ohne Schuhe auszugehen. Hatte sie zu meinem Vater gesagt.

Bei meinem Großvater auf dem Land sahen wir an manchen verregneten Sonntagen im Fernsehen *Zorro*, in schwarzweiß, aber unsere Gedanken, die von uns Enkeln, wanderten ständig zu dem geheimen Zimmer, zu dem Karton, der auf dem Schrank stand und zu dem langen, deutschen Maschinengewehr im Schreibtisch.

Uns Kindern gefiel *Zorro* nicht so. Weil es kein Blutvergießen gab. Zorro platzierte einen Faustschlag in der Luft und drei Gendarmen fielen zu Boden.

Mit einem Säbelhieb entwaffnete er vier weitere, die sofort abhauten. Er hielt sich am Kronleuchter fest, trat in die Luft und unerklärlicherweise fielen fünf weitere zu Boden ... Da fehlte ein hübsches deutsches Maschinengewehr. So eins mit Stativ und langem Patronengurt; von wegen Kronleuchter und Faustschläge in die Luft. Dachten wir als Kinder.

Während des Krieges, erzählt mir mein Vater, als die Bombardements auf den Hafen immer dichter aufeinander folgten, war ein Schiff voller Munition explodiert, das gerade nach Nordafrika auslaufen sollte. Der Anker dieses Schiffes wurde ins Zentrum der Stadt geschleudert. Und der liegt da immer noch, er lehnt an einem *Palazzo* in der Innenstadt.

Wenn die Bomber nachts angriffen, erzählt mir mein Vater, sah man vom Hügel aus in langen Lichtsäulen die Scheinwerfer der Flugabwehr den Himmel absuchen. Dann die Flammen der brennenden Häuser. Er erinnert sich auch, dass er einen amerikanischen Bomber gesehen hat, der getroffen abdrehte und ins Meer stürzte.

Immer wenn wir nach Messina fahren, benimmt sich mein Vater während der ganzen Fahrt halb skeptisch, halb resigniert. „Was bringt ihr mich zur Ärztin, wo's mir doch blendend geht?"

„Wie heißt die Ärztin?"

Musolino …

„Musolino… ein Name, den man nicht vergessen kann … der Brigant Musolino!"

„Wie heißt die Ärztin?"

Ich frage ihn, ob er sich an die Ankunft der Amerikaner erinnert.

Er erzählt mir, dass sein Vater noch weg war, wo, wusste er nicht. Er erinnert sich, dass in der Nähe ihres Hauses in den Hügeln eine deutsche Kaserne war. Er erinnert sich, wie die flüchtenden deutschen Soldaten ganz verrückt wurden. An die Beiwagen, die dröhnten, das Hin- und Her der Laster und Panzerwagen. An die Schreie, an die Befehle.

An die müden, geschwärzten Gesichter der Soldaten mit ihren Maschinengewehren und Flinten über der Schulter. Dann die Stille.

Also beschlossen er, damals vielleicht zehn Jahre alt, und ein Freund, den er von klein auf kannte, nachzusehen, ob irgendwas Interessantes in der Kaserne zurück geblieben war. Sie fanden in dem verlassenen Gebäude, das den Deutschen als Depot gedient hatte, Helme, Gewehre, Patronentaschen, und sie verkleideten sich ganz wie deutsche Soldaten.

Als würden sie die Amerikaner erwarten.

So standen sie auf der Straße, die in die Stadt führte, trugen riesengroße Jacken und Helme, die ihnen über die Augen rutschten, und hatten Gewehre in den Händen.

Dann hörten sie hinter der Kurve einen Lärm, der immer lauter wurde. Mein Vater erinnert sich, dass die Erde anfing zu beben, die Bäume wurden leicht geschüttelt und ein Erdhügel fing ganz von allein an auseinander zu bröckeln.

Dann kam ein amerikanischer Panzer um die Ecke. Der Mann, der oben aus dem Geschützturm rausguckte, zeigte auf sie und rief irgendwas, ein Soldat zu Fuß überholte den Panzer und rückte vor, er erreichte meinen Vater und seinen Freund, riss ihnen die Gewehre aus den Händen und jagte sie mit Tritten in den Hintern davon.

Meine Mutter dagegen war in der Stadt und erinnert sich an die Ankunft der Amerikaner wie an ein Fest. Sie hörte die Freudenrufe der Leute, die vom Krieg ausgelaugt waren, und sie wollte auch auf die Straße gehen, aber mein Großvater, der eigentlich Antifaschist gewesen war, ließ sie nicht gehen und schloss sogar alle Fenster im Haus. „Verstehst du denn nicht, dass heute ein Trauertag ist?" hatte er gesagt.

Bei der Großmutter meiner Mutter, erzählt sie mir,

mussten sich alle Enkel in einer Reihe aufstellen, wenn sie zu Besuch aufs Land kamen.

Dann begrüßte sie jedes Enkelkind einzeln, legte ihm die Hände auf die Stirn und sagte: *Santa! Santa! Santo!*

Der Vater und die Mutter meiner Großmutter hatten einen riesigen Landbesitz. In dem Gebiet von Vascello. Einen Großgrundbesitz. Noch heute sagt man in der Gegend, wenn jemand übertreibt bei der Beschreibung von etwas ganz Großem: Was soll das sein, etwa das Anwesen von Vascello?

Meine Großmutter mütterlicherseits war eine geübte Reiterin. Sie kontrollierte ihren ganzen Besitz zu Pferde. Und auch noch mit einer Pistole im Gürtel.

Von ihrem Vater erzählt man sich, er habe mal einem Toten die Schuhe gestohlen.

Das ging so.

Als der Onkel, der war Bischof, gestorben war, merkte der Vater meiner Großmutter während der Totenwache in der Familienkapelle, dass der Tote ein paar Schuhe aus rotem Leder mit Hermelinbesatz trug. Und während er so am Fußende in Trauer um den verstorbenen bischöflichen Onkel betete, kam ihm der Gedanke: Schau mal, was für Schuhe! Rotes Leder! Hermelin … Schade!

So blieb er länger als die anderen, um bei dem Toten zu wachen, und als er allein war, zog er ihm die Schuhe aus.

Zu Hause hatte er Mühe einzuschlafen. Er fing an zu schwitzen. Er warf sich von Reue geplagt hin und her. Im Traum erschien ihm der Bischof und sprach zu ihm: Was hast du getan! Gotteslästerung! Er lief mitten in der Nacht zurück und zog dem Toten die Schuhe mit dem Hermelinbesatz wieder an.

So erzählt man.

Der Großvater meiner Mutter, den ich noch kennen lernte, weil er fast hundert war, als er starb, brüstete sich damit, den Königshäusern Italiens Wein geliefert zu haben. Und wenn es nicht sein Wein war, merkte der König das. So erzählte er's.

„Der Wein ist nicht vom Anwesen Vascello!"

Sagte der König, sagte er …

Der Vater des Großvaters meines Vaters war Büchsenmacher. Er machte wunderschöne handgefertigte Gewehre. Mit sehr schönen Verzierungen auf den Holzgriffen. Er schnitzte Jagdszenen hinein oder Enten, die zum Flug abheben.

Er sagte, dass Leute kamen aus Norditalien, um sie zu kaufen.

Mein Vater ist im Wagen eingeschlafen. Meine Mutter tippt mir auf die Schulter, beugt sich vor und sagt: „Gestern hat er mich gefragt, wo das Bad bei uns zu Hause ist“. Das kommt vor, sage ich.

Mein Großvater war ein großer Weintrinker. Und er vertrat die Ansicht, dass der Wein, in Maßen, auch den Kindern gut täte. Das richtige Maß entschied er. Jedes Mal, wenn wir bei ihm aßen, füllte er uns Enkeln die Gläser, und dann forderte er uns auf, mit allen anzustoßen und rief: Tranken unsere Väter? Und was sind wir für Söhne? Trinken wir! Trinken wir!

Und wir, die gesamte Kinderschar, leerten unsere Gläser. Es gab kein Entkommen vor diesem Ritual. „Lasst sie trinken, die kleinen Carusos! Spielt nicht die Muttersöhnchen, ihr!“ mahnte er. Ich erinnere mich, dass ich mich einmal heimlich im Bad übergeben habe. Mein Vater hielt nicht allzu viel von diesem Ritual, aber er sagte nichts. (Laisser-faire …)

Jedes Jahr, und wenn's nur für wenige Tage war, machten wir Ferien im Schnee. Einmal kamen auch alle Großeltern und Onkel und Tanten mit. Mein Großvater brachte unter anderem ein Weinfass mit. Wer weiß, was die uns sonst für ein Zeug zu trinken geben, dieses rustikale Volk. Sagte er …

Ich erinnere mich an die überladenen Autos. Dass wir uns rein quetschen mussten. Mehr als fünf in einem Auto. Während wir die Koffer ausluden, hatte mein Großvater die ganze Zeit nur das Weinfass im Kopf. Wo ist das Weinfass? Passt auf das Fass auf! Sagte er ununterbrochen.

Als wir uns dann in der Berghütte in den Speiseraum setzten, stellt er das Fass unter den Tisch. Zum Kellner sagte er, fürs Trinken sorgen wir selber, wer weiß, was wir sonst für Überraschungen erleben. Sprach's und zeigte unter den Tisch.

„Ich mache solche rustikalen Sachen nicht gern", sagte er, aber ich erinnere mich, dass er richtig Spaß dabei hatte.

Mein Vater hat mir die Geschichte erzählt, wie mein Großvater mal mit dem Jagdgewehr auf ihn geschossen hat. Sie waren auf dem Land und liefen in der Gegend herum, mein Großvater hatte das Gewehr umgehängt. Da fing mein Vater, der vielleicht sieben, acht Jahre alt war, zu rennen an und überall herum zu springen. Mein Großvater begann, ihn zu rufen. Aber er: nichts. Er lief immer weiter. Da nahm mein Großvater auf einmal rasend vor Wut das Gewehr und schoss. Mein Vater merkte, wie die Kugeln nur so flogen und eine große Kaktusfeige hinter ihm trafen. Die Pflanze explodierte förmlich und die ganzen Dornen und Blätter regneten auf meinen Vater nieder. Ich ertrage es nicht, wenn du nicht hörst, sagte mein Großvater.

Ein anderes Mal, ich werde so acht oder neun Jahre alt gewesen sein, sagte mein Vater zu mir, geh' Kaffee kaufen. Meine Mutter wollte das nicht, weil man eine kleine Straße überqueren musste, um zur Kaffeerösterei zu gelangen. Ich setzte mich durch, ich gehe, sagte ich, weil es mir ein kleiner Schritt zur Selbstständigkeit erschien, die Straße überqueren zu dürfen. „Also sprich mir nach", sagte mein Vater, „ich möchte bitte zweihundertfünfzig Gramm Kaffee der Mischung Santos fein gemahlen. Danke. Hast du verstanden?" Also ging ich los. Während ich mit äußerster Vorsicht die Straße überquerte, fielen mir zwei junge Männer auf, die in einem Auto saßen, das an der Ecke parkte, und miteinander sprachen. Sie schauten sich nicht an, sie sprachen miteinander, aber sie schauten beide geradeaus. Dann ging ich in die Kaffeerösterei und sagte auf, was mein Vater mir beigebracht hatte: Ich möchte bitte zweihundertfünfzig Gramm Kaffee der Mischung Santos fein gemahlen. Danke. Als ich aus dem Laden rauskam, waren die beiden im Auto tot. Sie waren erschossen worden. Ich war der erste, der sie sah. Es war noch niemand bei ihnen. Ich erinnere mich an das zertrümmerte Seitenfenster. An die nach hinten geneigten Köpfe, die zu einem erstaunten Ausdruck geöffneten Münder. Einer hatte ein Loch in der Wange. Meinem Vater habe ich nichts gesagt. Auf Wiedersehen Selbstständigkeit, habe ich gedacht.

Diese Geschichte hat mein Vater nie erfahren. Eigentlich könnte ich sie ihm erzählen.

Nach diesem Vorfall kam mir die Idee, meinen Großvater zu fragen, sag mal, im Krieg, hast du da jemals einen erschossen? Als Antwort gab er mir einen formidablen Klaps.

Nachdem wir die Garage gefunden hatten, ging es nun darum, sie schalldicht zu isolieren, um Beschwerden der Nachbarn vorzubeugen. Wir fingen an, Matratzen, Kartons, Teppichbodenreste von der Straße zu sammeln … und sie an den Wänden zu befestigen. Nur, dass die Matratzen voller Flöhe waren und wir uns kratzen mussten als kriegten wir Krämpfe. Keiner von uns war alt genug für einen Führerschein, und so erfolgte der Transport mit dem Bus oder zu Fuß. Einmal stiegen wir mit einer riesigen Matratze in einen Bus ein. Alle mussten sich kratzen und fingen an zu schimpfen. „Guckt mal diese Penner, voller Flöhe!" Oder wir liefen Kilometer weit durch die Stadt und schleiften Matratzen oder Kartons hinter uns her, die ja überall als Müll herumlagen …

Einmal, als wir in der Garage waren und wegen einer Juckattacke gerade Pause machten, besuchte uns der Vater des Schlagzeugers. Er kam in die Garage, lächelte und sagte, ihr macht hier gute

Arbeit, aber was juckt denn da so! Fügte er beim Hinausgehen hinzu.

Als die Garage endlich fertig war, wollte der Unbegabte sie schön ausschmücken. Er nahm eine Spraydose und fing an, auf die Matratzen und Teppiche an den Wänden eine Reihe obszöner Sprüche zu schreiben. Nicht wiederholbar. Als der Vater des Schlagzeugers kam, um zu sehen, wie wir vorankamen, las er die Sprüche und nach einer Minute peinlichen Schweigens lächelte er und sagte: Studentenvolk, Studentenvolk …

Einmal, erzählt mir mein Onkel, sollte mein Großvater während des Griechenlandfeldzugs, zu dem er als Ingenieur in einem Pionierkorps eingezogen worden war, eine Brücke sprengen. Es war eine kleine Brücke über ein Flüsschen, das sich zwischen zwei steilen Wällen durchzwängte. Mein Großvater, sagt mein Onkel, hat zum Unteroffizier gesagt, nehmen Sie ein paar Männer, gehen Sie runter und sprengen Sie die Brücke. Aber der starrt ihn an mit offenem Mund, ohne was zu sagen. Darauf wiederholte mein Großvater, sagt mein Onkel, im Befehlston die gleichen Worte.

Neh-men Sie ein paar Män-ner, ge-hen Sie runter und spreng-en Sie die Brü-cke. Aber der andere, vor Angst wie gelähmt, antwortete nicht und rührte keinen Finger. Daraufhin sagt mein Onkel, hat mein Großvater sich, demonstrativ schnaubend, die Jacke ausgezogen, seinen Gürtel gelöst und alles zu Boden fallen lassen, hat sich eine Zigarette angezündet, das Dynamit und eine langen Rolle Zündschnur genommen und ist runter zum Fluss gestiegen.

Die anderen blieben oben und sahen zu. Mein Großvater ist ins Wasser gestiegen, das ihm bis zur Taille reichte, hat das Dynamit unter den Pfeilern der Brücke angebracht, die ganze Zeit mit der Zigarette im Mund, sagt mein Onkel. Dann ist er wieder nach oben gekommen und hat alles in die Luft gesprengt. Dann hat er die Jacke wieder angezogen und dem Unteroffizier einen vollen Faustschlag aufs Kinn gesetzt.

So erzählt mein Onkel.

Aber mir erschien die Geschichte mit der Zigarette im Mund und dem Dynamit über der Schulter etwas übertrieben.

Und wenn durch die Zigarette das Dynamit explodiert wäre? Und wenn auf der Brücke jemand gewesen wäre? Jemand, der spazieren ging? Das dachte ich, als ich klein war.

Schließlich brachten wir mit dem Autobus die Instrumente in die Garage. Wir trugen Gitarren, Verstärker und Stative und bahnten uns einen Weg durch die überraschte Menge. Der Unbegabte stellte seinen Verstärker auf dem Fuß einer Dame ab, die uns anbrüllte. „Also so was, seht euch die an, müssen die denn mit dem Linienbus umziehen?“ sagten alle.

Als wir schließlich in der Garage ankamen, haben wir alles aufgebaut: Stative, Schlagzeug, Mikrofone und Verstärker. Der Unbegabte zog die Gitarre seines Onkels aus der Hülle. Es war eine halbakustische typische Sechziger-Jahre-Gitarre mit einem Aufkleber von einem Pin-up-Girl im Bikini auf einer Blume. Was für eine tolle Gitarre, sagte der Dylanliebhaber. Wir fingen sofort an zu spielen. Der Unbegabte fragte, wie hält man die Gitarre. Und wie stimmt man sie? Und wozu dient diese Kurbel? Die anderen stöhnten. Probier es einfach, sagten sie. Der andere Gitarrist fing an, ein Lied von Dylan zu spielen. Also nein! sagten wir, es reicht jetzt mit diesem Gejammer. Wenn du nichts anderes spielen kannst, dann spiel das Lied in einer anderen Tonart und zehnmal schneller, sagten wir zu ihm.

So wurde unser erstes Stück ein Lied von Bob Dylan, wahnsinnig schnell gespielt und in einer anderen Tonart. Der Unbegabte begann, die Saiten der Gitarre seines Onkels zu schrubben, der Schlagzeuger und ich fuchtelten dahinter rum. Das Stück hieß „Ich scheiß auf deine Schwester“, das war auch der

Text. Armer Dylan, sagte der Dylanliebhaber. Und schüttelte den Kopf. Und lachte.

An einem Sonntag, als wir noch kleiner waren, schafften wir es, während mein Großvater schlief, die Schachtel zu öffnen, die auf dem Schrank stand. Es waren Metallkugeln drin. Handgranaten. Wir fingen an, sie von Hand zu Hand weiterzugeben, wir waren furchtbar aufgeregt. Bomben! Die Bomben! Dann legten wir alles zurück.

Später unten im Wohnzimmer mit dem Kamin bemerkten wir, dass die kleinste Enkelin mit etwas aus Metall spielte … Meine älteste Cousine flüsterte mit der Hand vor dem Mund, die hat eine Handgranate! Sie hat eine Bombe! Nun ging es darum, die der Kleinen aus der Hand zu nehmen, ohne dass die Erwachsenen, die vor dem Feuer saßen und Karten spielten, etwas merkten. Ich riss ihr die Bombe aus der Hand, aber sie fing sofort an zu schreien, ich will den Ball! Gib mir den Ball! In dem Moment explodierte hinter mir die donnernde Stimme meines Großvaters: Jetzt gebt ihr doch diesen Ball! Dann hört sie auf zu schreien! Ich steckte mir die Handgranate in die Tasche und meine ältere Cousine gab der Kleinen eine Puppe in die Hand, um sie abzulenken. Aber nichts half: Ich will den Ball! Gebt mir den Ball! Es war mein Großvater, der sie beruhigte, indem er sie auf den Arm nahm und ihr Bonbons gab. Ich verbrachte den ganzen Nachmittag mit der Handgranate in der Hosentasche. Ich blieb regungslos einige Stunden vor dem Fernseher sitzen und schwitzte, während die anderen draußen Ball spielten. Wie konnte ich denn rennen mit einer Bombe in der Hosentasche? Dann beschloss ich, ins Bad zu gehen. Ich schloss ab und versteckte sie dort in einem Schränkchen.

Die Dichter, Die Renitenten, Bargeld, Die Präsidenten, Die Trompeter der Apokalypse, Die Städtischen Abfälle … Wir verbrachten viel Zeit in der Garage damit, der Gruppe einen Namen zu geben, Die Abgemagerten, Die Hungernden, Die Wüsten, Die Gogol, Die Mäntel, Die Heuschrecken … Die Nasen …

Was ist das denn für eine Geschichte mit dieser Metallkugel, die deine Cousine haben wollte? Fragte mich mein Großvater. Ach nichts, wer weiß, was sie wollte, sage ich …

Einmal, als wir vom Land zurückkamen und gerade an dem Haus eines Freundes meines Großvaters vorbeifuhren, hat er ein offenes Fenster gesehen. Er hat das Auto angehalten und die Scheinwerfer gelöscht. Wir waren allein im Wagen, mein Großvater und ich. Er hat die Spielzeugpistole genommen, die ich in der Hand hatte und ist ausgestiegen. Wenn ich dir ein Zeichen gebe, schalt' die Scheinwerfer wieder ein. Hat er zu mir gesagt. Dann sah man aus dem Fenster einen Sack fallen, und ein Mann tauchte auf und seilte sich ab. Sobald er den Boden berührte, gab mir mein Großvater das Zeichen, die Scheinwerfer einzuschalten, richtete die Spielzeugpistole auf ihn und befahl ihm, er solle den Sack fallen lassen und abhauen. Sonst schieße ich, sagte er. Der Mann hat alles fallen lassen und ist abgehauen. Mein Großvater nahm lachend den Sack. Mit dem ganzen Silber seines Freundes.

Ich im Auto drinnen kam mir vor wie eine große Hilfe. Wir haben einen Einbruch verhindert, dachte ich. Mit meinen vielleicht neun Jahren fühlte mich wie ein Held.

Und wenn der Mann bewaffnet gewesen wäre? Fragte ich. Er sagte mir, der trug keine Waffe. Wer mit 'ner Waffe eingebrochen, kriegt ein Jahr und nicht vier Wochen. Sagte er.

„Es gab eine Zeit, als du klein warst, da wolltest du dich nicht fotografieren lassen. Wer weiß, warum." Sagt mein Vater. In der Tat habe ich eine Reihe Fotos, wo ich auf dem Arm meines Vaters mit dem Rücken zum Objektiv zu sehen bin, und er zeigt nach vorne.

Eines Tages sollten wir zusammen mit meinem Vater einen seiner Freunde besuchen, der außerhalb der Stadt wohnte, und wir haben uns verfahren. So sind wir durch leere Vorstadtstraßen geirrt. Auf einmal standen wir vor einem Lastwagen und aus dem Fenster des Lasters hing der Körper des Fahrers mit blutbeschmiertem Unterhemd. Sie hatten ihn erschossen. Mein Vater hat sofort den Rückwärtsgang eingelegt.

Ich glaube, der ist nicht von hier. Hat er gesagt. Um das Thema zu wechseln und die Kinder vor einem Trauma zu bewahren.

Einige Zeit nach der Geschichte mit der Handgranate entschloss ich mich, sie aus dem Badezimmerschränkchen zu holen und wieder an ihren Platz zu bringen. Ich ging ins Bad, nahm die Handgranate, steckte sie samt Badezimmerschlüssel in die Hosentasche und näherte mich dem Geheimzimmer. Aber ich wurde von meinem Großvater abgefangen, der nicht schlief. Komm wir gehen ein Eis essen, sagte er. So ging ich mit ihm zur Bar mit der Handgranate in der Hosentasche. Ich habe in meinem ganzen Leben nie soviel geschwitzt. Ich stand wie angewurzelt mit dem Eis in der Hand und schwitzte, schwitzte, schwitzte … als wir dann wieder zu Hause waren, legte ich sie zurück in das Badezimmerschränkchen.

Wenn mein Großvater morgens aufstand, war das erste, was er tat, von seinem Balkon aus mit einer Signalpistole zu schießen. Er hob den Arm und schoss. Wir Enkel folgten rennend der Flugbahn der Signalkörper und traten sie mit den Füßen aus.

Die Rohen Brigaden, Die Literaten, Die Plutokraten, Die Pluridekorierten, Die Apollos, so verstrichen die Tage in der Garage zwischen einem Bier und dem nächsten …

„Heute hat dein Vater mich gefragt: Haben wir Sommer oder Winter?“ Ich habe erwidert, gestern bin ich zu Fuß von einem Freund nach Hause zurückgekehrt, zu dem ich mit meinem Auto gefahren war.

Mein Großvater hatte immer Gäste beim Mittagessen und beim Abendessen. Wirklich viele. Er aß mit mindestens fünf oder sechs Freunden. Meine Großmutter schüttelte den Kopf und kochte für alle. Die großen Tafelrunden bei meinem Großvater waren immer eigenartig zusammengestellt, auch in politischer Hinsicht. Ich erinnere mich an große Diskussionen und viel Gelächter.

Mein Großvater hasste die Vereine der Kriegsveteranen, die ihn pünktlich jedes Mal zu Versammlungen und Aufmärschen einluden.

„Diese alten, rustikalen Dummköpfe, die angezogen wie Idioten herumlaufen“, sagte er.

Meine Großmutter hatte eine Freundin, die sehr dick war. Mein Großvater nannte sie Elefant. „Und heute kommt der Elefant?“ sagte er. Meine Großmutter war schlank und hoch gewachsen. Wenn mein Großvater sie zusammen sah, brummelte er „Der Elefant und die Giraffe …“

Mein Großvater hatte jemanden, der ihm auf dem Land half, die Pflanzen beschnitt und goss und kleine Arbeiten verrichtete. Er hieß Pietrino. Er war ein komischer Typ. Im Krieg unterstand er meinem Großvater. Man sagte, er sei taub geworden durch eine Bombe, die zwei Meter neben ihm explodiert war. Er benahm sich, als ob der Krieg noch nicht zu Ende wäre. Er kam zur Arbeit mit einer zerrissenen Uniform und einer Soldatenmütze, die ihm viel zu groß war. Er kam und wartete auf meinen Großvater Gewehr bei Fuß, mit dem Spaten in der Hand anstelle eines Gewehres. Mein Großvater sagte, er wolle ihn nicht enttäuschen, wenn er ihm die traurige Nachricht vom dramatischen Ende des Krieges überbrächte. Er betrachtete ihn also etwas beim Strammstehen, ging um ihn herum so, als nähme er die Truppe ab, dann zwinkerte er mir zu und schrie: Sooldaat Pietrinooo! Acht! Rührt! Spaaaten!

Vorwääärts! Maarsch! Und Pietrino ging froh an die Arbeit. Mir gefiel dieses Ritual sehr. Ich ging auch gerne durch die Felder hinter ihm her und hörte zu, wenn er erzählte. „Ich hab ihm gesagt, schneid dir die Haare. Aber der hat sie nicht geschnitten, und der Oberleutnant ist ihm mit dem Rasierapparat mitten über den Kopf gefahren. Der lief rum mit einem kahlen Streifen auf dem Kopf. In Griechenland herrscht eine Kälte … eine Kälte ist da … und ein Matsch … aber so was von Matsch …“

Pietrino baute für uns Kinder auch Bogen. Er schnitt Eschenzweige ab und band sie an den Enden mit Angelschnur zusammen. „Teufel, was für ein Präzisionsbogen“, sagte er nach vollendetem Werk. So vertrieben wir uns die Tage mit Indianer spielen. Manchmal trafen wir uns mit den Pfeilen und taten uns weh. Nichts Schlimmes …

„Nur Mut, zieht euch nie zurück und ihr werdet nie besiegt werden!“ sagte er mit militärischem Gruß …

Pietrino holte in den Pausen eine Flasche Wein raus und einen Blechnapf. In dem Blechnapf durfte der Salat nicht fehlen. Er setzte sich auf der Erde hin, immer auf der Hut, als ob jeden Moment der Feind auftauchen könnte, nahm die Weinflasche, den Blechnapf und ein in einen Lappen eingewickeltes

Stück Brot. Die Salate waren dermaßen gut. So leckere habe ich nie wieder gegessen. Tomaten, Zwiebeln, Käse, Oliven, Oregano, Sardellen. Jahre später habe ich versucht, sie nachzumachen, aber sie waren nie so lecker.

Ich saß da und starrte ihn an, bis er sagte, hast du nichts abbekommen? Und mir von seinem Salat ein bisschen abgab.

Ich habe nie begriffen, ob er den Soldaten spielte oder ob er wirklich ein bisschen einfältig war. Sicher, einfältig war er irgendwie … „Ich kriege meine Pension", sagte er ganz stolz, „als notorischer Kriegsidiot", und ich ging meinen Phantasien nach über die Bombe, die neben ihm hochgegangen war. Und ich dachte daran, als ich mit der Handgranate in der Hosentasche in die Bar gegangen war …

Dann nahm er die Weinflasche, trank und ermahnte uns: niemals Wasser trinken. Der Oberleutnant sagt, davon kriegt man Verstopfung …

Pietrino sang manchmal bei der Arbeit auf den Feldern Soldatenlieder und entstellte den Text. „Zumpa zumpa, es ziehen die U-Boote vorbei, schnell und immer frei, es kommt ein Torpedo, vorbei zieht ein Torpedo, getroffen wird es nie. Papà parapapie! Es zieht ein Torpedo davon, es startet ein Torpedo und niemals hält es an! Parapapà zumpappan."

Mein Großvater liebte es, uns alle in sein Auto zu verfrachten und in die Bar zu fahren. Er klappte die Rückbank in seinem R4 um, und so zog ein Dutzend Kinder schreiend und zusammengequetscht wie die Sardinen zur Bar. Wenn er dann noch beschloss, sich eine Zigarre anzuzünden, kriegte man im Auto keine Luft mehr.

Irgendwann bekam der älteste Enkel ein Mofa geschenkt.

Ich fahre nicht mehr mit Großvater, ich fahre selber zur Bar. Sagte er.

Für mich war es das Ende einer Ära. Bald würden wir alle Mofas haben und würden alle im Schwarm jeder allein auf seinem eigenen Mofa zur Bar fahren. Ich, der ich romantisch veranlagt war, dachte: Wir werden nie mehr alle zusammen brüllend im R4 fahren.

Mein Vater und sein Freund kehrten Tage später, nachdem die Amerikaner sie mit Tritten in den Hintern nach Hause geschickt hatten, wieder zu dem deutschen Munitionslager zurück. Sie hatten einen Plan ausgeklügelt, um Gewehre und Handgranaten zu stehlen. Sie nahmen ein Gewehr und bauten es auseinander. Einer nahm die Munition und den Verschluss, der andere den Gewehrkolben. Als die Amerikaner, die einen Kontrollpunkt errichtet hatten, sie anhielten, zeigte einer einen unschuldigen

Gewehrkolben ohne Verschluss, der andere versteckte die Patronen und den Rest. Wieder zu Hause bauten sie das Gewehr zusammen und verbrachten Nachmittage damit, in den Bergen rumzuschießen. Das Gleiche machten sie mit den deutschen Handgranaten, die mit dem langen Griff. Es gelang ihnen, sie auseinander zu bauen und am Kontrollpunkt vorbei zu kommen. Mein Vater erinnert sich, dass er einmal für ein paar Stunden erblindet war, weil sie eine Handgranate nicht weit genug geworfen hatten.

Im Haus des Freundes meines Vaters haben dessen Sohn und ich in einer Holzkiste zwei dieser Gewehre wieder gefunden, mit der Munition dazu. Wir waren dreizehn oder vierzehn. Ich erinnere mich, dass wir einen Nachmittag auf dem Land mit Schießen verbrachten. Die Gewehre gaben einen trockenen Knall von sich, gefolgt vom Pfeifen der Kugeln.

Auf dem Grabstein des Großvaters meiner Mutter, dem, der das Königshaus mit Wein versorgte (wie er sagte), stand geschrieben: Ein rechtschaffener und integrer Mann, hervorragend gebildet, Doktor der Landwirtschaft und der Literatur honoris causa, Unternehmer, stets bereit zu guten Taten, ein guter Familienvater und makelloser Christ.

Auf dem seiner Frau stand: Seine Frau. Was für ihn schon viel war.

Der Großvater meiner Mutter war mit siebzehn Jahren, während des Ersten Weltkrieges, in den Carso* geschickt worden. Er war von '99. Er hat mir erzählt, wie blitzschnell man vor einem Erschießungskommando landen konnte; und dass es furchtbar kalt war, dass er zum ersten Mal weg von Sizilien war und dass die Schützengräben voller Mäuse waren, so viele, dass niemand mehr darauf achtete.

Und dass er selbstverständlich von General Diaz* persönlich ausgezeichnet worden war, weil er, ganz alleine, ein kleines österreichisches Fort gestürmt hatte, so sagte er.

Der Großvater meiner Mutter, der Held des Ersten Weltkriegs, der rechtschaffene Mann, hatte zahllose uneheliche Kinder, die kamen alle nach seinem Tod und forderten einen Teil der Erbschaft ein. Was zum Zerfall des Großgrundbesitzes Vascello beitrug.

Die meisten dieser Kinder hatte er mit Tänzerinnen, die in dem Theater auftraten, das er in einem Dorf gegründet hatte. Ein Theater, das immer rote Zahlen schrieb. „Ich habe es aus Hunger nach Kultur eröffnet, nicht aus Geldgier", pflegte er zu sagen.

In der Garage begannen wir ernsthafter zu proben, und es wurde abends später. In der Schule schlief ich oft mit den Händen unterm Kinn ein. Einmal erwischte mich die Lehrerin und brüllte mich an, wach auf! Und ich antwortete prompt: Ach Mammi … bitte … noch fünf Minuten …

Der Unbegabte wurde langsam gut mit der Gitarre. Er hatte eine eigene Technik entwickelt … Er quälte sie, er ließ sie quietschen, er ließ Eisenstücke über die Saiten gleiten … Der Dylanliebhaber war fast neidisch …

Der Unbegabte besuchte das naturwissenschaftliche Gymnasium. Eines Tages verkündete er, dass er unsere Gruppe zum Weihnachtskonzert seiner Schule angemeldet hatte. Der Dylanliebhaber schimpfte. Wir sind überhaupt noch nicht so weit. Sagte er. Wir müssen gar nicht so weit sein. Erwiderte der Unbegabte. Wir haben nicht mal einen Namen. Sagte der andere.

Die Mutatis Mutandis, Die Filets, Die Luigi Filippo, Die Heißbegehrten, Die Hexen, Die Konchoiden, Die Hochstapler, Die Bitolz, Die Bang Utots, Vito und die Sympathischen, Die Fleischfressenden Schafe …

Jedenfalls haben wir dann beim Weihnachtskonzert des naturwissenschaftlichen Gymnasiums gespielt. Wir haben die Proben der Gruppe gehört, die nach uns dran war. Sie übten ein Stück von Led Zeppelin. Und wir sind vor ihnen aufgetreten, haben dasselbe Stück gespielt und es auseinander genommen. Sie haben uns nach drei Minuten den Strom abgestellt. Ein großer Erfolg.

Viele kamen zu uns und sagten: Sie haben euch zensiert! Die verstehen nichts von Musik!

Es folgte eine Versammlung. Es drohte eine Besetzung des Gymnasiums, während der wir, so lautete ein Vorschlag, jeden Tag spielen sollten.

Sie nahmen uns ernst.

Die Liberty Bar wurde immer beliebter. Der Betreiber sah sein Lokal von Jugendlichen belagert, die zerrissene Hosen trugen. Hauptsache der Umsatz stimmt. Sagte er.

Ab und zu erkannte uns jemand in der Bar. Ihr habt doch im naturwissenschaftlichen Gymnasium gespielt. Wie heißt ihr denn?

Die Abtrünnigen, Die Mülleimer, The Cu, Die Bedarf, Los Cuccureddos …

Dann, eines Tages, kam der Dylanliebhaber mit einer schönen Nachricht: Sie wollen uns im Cavour Gymnasium. Er jubelte förmlich … aber der Unbegabte erstickte seinen Enthusiasmus. Jetzt sollten wir nicht mehr spielen. Die haben uns nach zwei Minuten den Strom abgestellt. Jetzt müssen sie uns geradezu heiß begehren. Was jetzt, gehen wir etwa nicht hin? Haben wir gesagt. Nein. Wir sagen zu und lassen sie hängen. Und was soll das für eine Taktik sein? Protest-Taktik, sagt er. Lasst mich nur machen.

Als wir also im Cavour Gymnasium auf die Bühne gerufen wurden, sind wir rauf gegangen, aber statt zu spielen, hat der Unbegabte einen Zettel ausgerollt und vorgelesen: Wir sind es leid, dass uns nach einem Stück der Strom abgestellt wird. Wir spielen nicht. Unterzeichnet The Cu, Die Mülleimer, Die Abtrünnigen, Die Jüngelchen, Die Familie …

Im Publikum rumorte es. Der Rektor sagte, spielt so viel ihr wollt, wir stellen euch den Strom nicht ab, spielt und lasst es jetzt gut sein …

Wir unerbittlich.

Es folgte eine Versammlung.

Dann in der Bar fragte jemand: Ihr seid doch die, die im Cavour nicht gespielt haben! Aber wie heißt ihr denn?

Einer meiner Onkel, der in einem Dorf wohnte, hat mir erzählt, dass er im Krieg einen deutschen Soldaten beherbergt hat, der abgehauen war. Der Deutsche sprach kein Italienisch und er kein Deutsch. Sie verständigten sich auf Latein. Beide hatten vor dem Krieg Geisteswissenschaften studiert. Wenn es dunkel wurde, kam der Deutsche aus der Scheune des

Hauses meines Onkels. Sie setzten sich unter einen Baum, rauchten, tranken und redeten auf Latein.

Einige Jahre nach Kriegsende tauchte er auf einmal wieder bei meinem Onkel auf dem Land auf. Er besuchte ihn schließlich jedes Jahr im Sommer. Sie gingen aufs Land, rauchten, tranken und redeten auf Latein. Das ging so bis vor wenigen Jahren. „Er war ein richtiger Herr“, erinnert sich mein Onkel, „als dann die Befreier kamen, haben sie mir ohne jeden Grund die Scheune nieder gebrannt und die Kühe gestohlen. Und wir mussten alle Frauen in der Kapelle einschließen, wer weiß, was sonst passiert wäre …“

Mein Cousin, der aufs Gymnasium ging, hatte für fast alle Fächer einen Privatlehrer, der in Dachau interniert gewesen war. Er hatte lange Haare, die überall herumflatterten, er ähnelte Einstein ein bisschen. Ich besuchte meinen Cousin und tat so, als wüsste ich nicht, dass er mit dem Privatlehrer verabredet war, weil ich dem so gerne zuhörte.

Ich traute mich nicht, ihn zu fragen, aber ich hätte zu gerne etwas über seine Vergangenheit gehört. Das Einzige, was ihm einmal rausrutschte, war, dass, als er im Gefängnis war, so nannte er das, sie für die ganze Baracke ein Stück Schwarzbrot bekommen hatten. Wer die Portionen aufteilte, nahm sich das kleinste Stück. Dass es manchmal eine heiße Brühe gab mit ein paar Brotkrumen drin, ein paar Haferflocken und manchmal einem Knochen. Und dass es sehr kalt war.

Ich habe ihm sehr gern zugehört. Ich wollte so einen Lehrer haben. Er wusste über alles Bescheid, von Geschichte bis Latein über Mathematik bis zur Kunst. Und er sprach davon mit Freude. Mit leuchtenden Augen.

Die Lehrerin hingegen, die ich am Gymnasium hatte, war eine Harte. Sie redete, ohne Gefühle zu zeigen. Sie behandelte die griechischen und lateinischen Klassiker mit einer Kälte, als wären sie eigenartige mathematische Formeln. Unentwegt riet sie etlichen von uns, „die Richtung zu wechseln“. Das humanistische Gymnasium ist nichts für euch, sagte sie mit eiskalter Miene.

In der Tat habe ich mal empört bei Tisch zu Hause verkündet, dass ich die Schule abbrechen wollte, warten wollte, bis ich achtzehn war, um dann als Freiwilliger zur Fremdenlegion zu gehen. Aha, abbrechen, gut, gut, Freiwilliger … gut, gut, Fremdenlegion … gut, gut … sagte mein Vater und aß weiter. Ich wollte nur provozieren. Ich wäre niemals gegangen. In der Tat bin ich nicht gegangen. Mit etwas Glück wurde ich versetzt und erreichte so unversehrt die Oberstufe. Den letzten Tag der Mittelstufe war ich ganz gerührt. Wir kamen aus der Schule raus, waren glücklich und spielten auf dem Hof Fußball, bis es spät war.

Auch am letzten Schultag der Oberstufe spielten wir hinterher auf dem Schulhof Fußball. Das seltsame war, dass wir dieses letzte Spiel in absolutem Schweigen spielten. Keine Schreie, kein Rufen. Linksverteidiger. Meine Rolle. Jeder würde danach seiner Wege gehen, nach diesem Spiel.

Mein Großvater machte mit seinen Freunden endlose Kartenspiele. Poker oder Briscola. Aber er konnte nie ein Spiel zu Ende führen. Er wurde immer durch andere Sachen abgelenkt. Er war mit den Gedanken immer woanders. Außerdem konnte er nicht still sitzen bleiben. Er bewegte sich ununterbrochen auf dem Stuhl hin und her. Und dann, wenn er merkte, dass es anfing, schlecht für ihn zu laufen, gab er immer den anderen die Schuld und schmiss die Karten hin. Andere Male schlief er einfach mit dem Kopf auf dem Tisch ein, was alle nervte.

Der Unbegabte, der sich als Dichter der Gruppe fühlte, schrieb die Texte zu den Liedern. Nach „Ich scheiß auf deine Schwester“ schrieb er noch eine Menge andere … eins hieß „Religion und Geld“, das hatte er mal einen Mann sagen hören, der aus Ceylon stammte. Das Stück ging so:

Religion und Geld
Wenn alle arm, Leute viel beten
Wenn alle ohne arm
Alle nix beten.

Manches klaute er auch aus der Zeitung. Der Text eines anderen Stücks ging so:

Jene Nacht in Cinisi
Jene Nacht in Cinisi
gab es einen wahren Krieg
die Di Maggios schlugen die Killer mit Revolversalven zurück …

und das noch aus der gleichen Lokalzeitung:

Hilfe, sie haben Mama und Papa erschossen
Er sprach, zitterte und atmete mit Mühe
Er sprach und atmete mit Mühe.

Wenn man meinen Großvater so sah, schien er einen großen Frieden und unendliche Ruhe auszustrahlen. Aber dem war nicht so. Er war immer kurz davor zu explodieren. Es genügte ein falsches Wort, und er konnte einen Stuhl nehmen, zum Beispiel, und ihn mit einer geradezu ruhigen Wut ganz gründlich zerlegen. Er vertrug es nicht, wenn man ihn rief. „Ich bin doch kein Butler", sagte er. Und er äffte den nach, der ihn rief: „Battistaaa! Jacuzzooo!"

Mein Großvater hielt Tauben. Der Platz vor seinem Haus auf dem Land war immer voller Tauben. Einmal hörte man Schüsse auf dem Hof. Wir stürzten alle raus. Ein Jäger hatte mitten auf dem Hof ein Paar erschossen. Mein Großvater wurde fuchsteufelswild. Wir konnten ihn nicht halten. Der Jäger kriegte es mit der Angst und entschuldigte sich stotternd. Ich geh schon, ich geh ja schon. Sagte er. Als es schien, mein Großvater hätte sich wieder beruhigt, beging der andere im Gehen den Fehler, die zwei Tauben aufzuheben, die er erschossen hatte.

Mein Großvater sah rot. Er rannte ins Haus, wir sahen ihn, wie er in der Kiste auf dem Schrank des geheimen Zimmers rumsuchte. Die Bomben! Er hat die Bomben! Riefen wir Kinder. Tatsächlich nahm er ein paar Handgranaten und schmiss sie dem Jäger hinterher, der in Panik den Weg davon rannte.

Ich bin halt impulsiv. Sagte mein Großvater, als er ein paar Minuten nach dem Bombenwurf unter einem Baum seinen Kaffee trank.

Ich hingegen war ganz gierig auf Tauben. Wenn mein Großvater nicht da war, ging ich mit meiner

Großmutter heimlich in den Taubenschlag. Sie tastete alle Tauben ab, die noch nicht fliegen konnten. Und mit einigem Zynismus griff sie dann die, die ihr am ehesten passte, und kochte sie für mich mit Schnittlauch. „Wenn Großvater das erfährt, bringt er uns um." Sagte ich.

„Was denn, sollen wir Piazza San Marco aus dem Hof machen, wie in Venedig?" sagte sie, während sie kochte …

Nach einiger Zeit gesellte sich ein anderer Gitarrist zu uns, der den Dylanliebhaber ersetzte. Wir nahmen ihn, weil er viele Mädchen kannte. In dem Punkt haperte es bei uns …

„Das klingt wie ein Stück von Bob Dylan nach einem Elektroschock", sagte er, als er „Ich scheiß auf deine Schwester" hörte.

Der Dylanliebhaber hatte die Gruppe verlassen, weil seine Eltern nach Bologna gezogen waren. Wir sahen ihn einige Jahre später wieder. Er hatte sich verändert, er war Rocker geworden. Lange Haare, Lederjacke, schweres Motorrad. Wir hatten ihn mit Mühe wieder erkannt. Er grüßte uns, in dem er mit einem Auge zwinkerte und einen Daumen nach oben reckte.

Eines Tages beschlossen wir, Konzerte in einer Villa zu organisieren, die gerade im Bau war und die verlassen schien. Vielleicht fehlten die Genehmigungen, und die Arbeiten waren nun unterbrochen. Aber der erste Stock war fast fertig, auch wenn er noch keine Fenster und Türen hatte.

Es fehlte die Bühne. Wir profitierten vom Papstbesuch in der Stadt.

Die Hauptstraße war mit Gerüstrohren abgesperrt.

Wir beschlossen, einige davon mitzunehmen, um die Bühne zu bauen. Das haben wir am helllichten Tag in aller Ruhe in falschen Arbeitsanzügen gemacht. Die müssen ausgetauscht werden, haben wir den Polizisten gesagt. Wir haben die Absperrungen abmontiert, sie auf einen Transporter gelegt und sind losgefahren. Es wurde eine riesige Bühne, sensationell.

Den Laden haben wir „Zirkel der weltweiten Bruderschaft“ genannt. Wir verteilten ein paar Flugblätter, um für die Konzerte zu werben, samt Skizze, die erklärte, wie man hinfindet.

Am folgenden Samstag strömten ganze Menschenmassen in die Villa im Bau.

Wir brauchten dringend einen Namen. Wir beschlossen, uns Die Megaschweine zu nennen. Unsere erste Aufnahme würden wir „Die Invasion der Megaschweine“ nennen.

Als wir auf die Bühne aus päpstlichen Rohren stiegen, tobte das Publikum. Dosen, Flaschen, Zeitungen, Spucke … alles flog in unsere Richtung … großer Erfolg.

Der neue Gitarrist hat gut gespielt. Allerdings hofften wir, dass er uns einige Mädchen vorstellen würde, stattdessen ging er nach dem Konzert mit seiner Freundin weg …

Dann können wir auch einen anderen nehmen … sagten wir …

Einen Tag, nachdem mein Großvater die Handgranaten geworfen hatte, kam Pietrino, um die Löcher im Boden aufzufüllen, die durch die Explosion entstanden waren.

Der Feind ist siegreich zurück geschlagen. Das Heer zieht sich auf besser befestigte Positionen zurück. Sagte er, während er mit dem Spaten arbeitete.

Sobald er fertig war, stand er Gewehr bei Fuß mit dem Spaten in der Hand. „Triipoliii schöne Sonne der Liebe da auf der Höhe taucht die Trikolore auf. Unza unza unzazzà!“

Ich denke manchmal, dass ich verglichen mit meinen Töchtern die letzte Erziehung im Geist des *Risorgimento** genossen habe. In der Schule ließen sie uns mit Stöcken marschieren, als wenn's Gewehre wären, und wir mussten singen „es plätschert der Piave* ruhig und seicht, während wir vorüber ziehen …"

Einmal, ich weiß nicht mehr warum, wurde mein Großvater fuchsteufelswild. Meine Großmutter versuchte, ihm einen Stuhl zu reichen, damit er sich abreagierte. Sie sah aus wie ein Löwenbändiger bei der Arbeit. Sie wich zurück und hielt den Stuhl an der Rückenlehne vor sich. Da sagte mein Großvater: Den nicht, an dem hänge ich. Also nahm meine Großmutter einen anderen, und er zerlegte ihn in tausend Teile mit der ihm eigenen Genauigkeit.

Noch heute finde ich immer wieder etwas Neues in seinem Haus auf dem Land. Vor kurzem habe ich eine Packung *Macedonia*-Zigaretten gefunden, auf der mit Kuli geschrieben steht „Gott schütze dich", und dazu die Unterschrift der Schwester meiner Großmutter, die in Rom gelebt hatte. Ich habe mir gedacht, vielleicht war er auf dem Weg zur Front da vorbeigekommen und meine Tante hatte ihm durch das Zugfenster das Päckchen Zigaretten hineingereicht. In dem Päckchen war das Negativ eines Fotos aufbewahrt.

Ich habe ein Foto gefunden, das meinen Großvater in Uniform zeigt wie er mit grimmiger Miene die Hauptstraße einer Stadt im Norden entlang spaziert. Auf dem Bild trägt er einen Spitzbart, hat einen großen Dolch an der Seite und eine Zigarette im Mund. Neben ihm schiebt ein Soldat mit Brille, der ein bisschen verloren, fast ängstlich aussieht, ein Fahrrad.

Den Dolch, denselben wie auf dem Foto, habe ich in einer Schublade seines Schreibtisches gefunden. Ich habe ihn immer noch in einem Schrank versteckt. Die Stadt kann man unmöglich erkennen. Im Hintergrund steht „Hauhaltsgeräte Lux".

Nach dem Erfolg des ersten Konzerts im Zirkel der Weltweiten Bruderschaft organisierten wir noch eins. Am Eingang postierten wir jemanden mit einer Schuhschachtel auf der stand SPENDE FÜR DIE WELTWEITE BRUDERSCHAFT, und wir organisierten sogar einen Getränkestand. Während wir spielten, merkten wir, dass keiner von uns, weder ich am Bass noch die beiden anderen an den Gitarren, alle Saiten hatte. Mir fehlte eine, den anderen beiden fehlten jeweils zwei oder drei. Bei dem was sie kosteten …

Alle Saiten und gestimmte Instrumente zu haben, hielten wir für übermäßige Finesse …

An diesem Abend stellte der Unbegabte dem neuen Gitarristen ein Ultimatum: Bring uns mit ein paar deiner Freundinnen zusammen. In der Tat gab es nach dem Konzert ein paar unbeholfene Schritte. Unser Gitarrist, der nicht viele Worte machte, beschränkte sich darauf, uns vor eine Gruppe Jungs und Mädchen zu stellen und eine ausladende Geste mit dem Arm zu machen. Fertig.

„Heute Nacht", sagt mir meine Mutter, „hat dein Vater vom Balkon gepinkelt. Er hat das Klo nicht gefunden und wollte mich nicht stören, hat er mir gesagt". Das war doch höflich, sage ich.

„Erinnerst du dich an die Schlösser der Loire?" fragt mich mein Vater. Als wir mit dem Wohnwagen in Frankreich waren, haben wir sie alle gesehen. Wir fuhren kreuz und quer durch Frankreich. Ich glaube, wir waren die einzigen auf der ganzen Welt, die sämtliche Loire-Schlösser besichtigt haben, alle, ohne Ausnahme.

Einer der begehrtesten Preise, die mein Großvater verteilte, war die Aufgabe, sein Auto auszuladen. Er kam an, stieg aus dem Auto, öffnete den Kofferraum und rief mich. „Heute darfst du mein Auto leer räumen." Das Schöne war, dass ich deshalb glücklich war.

Mein Großvater mütterlicherseits war Oberst bei den Carabinieri. Und das war keine einfache Sache vor allem im Sizilien der Nachkriegsjahre, zwischen Mafia und Separatisten.

Er rauchte mehrere Päckchen Zigaretten am Tag. Und berühmt war seine ruhige und abgebrühte Art. Er überlebte aus purem Zufall die Folgen eines Attentats, das ihm gegolten hatte.

Mein Großvater mütterlicherseits, schien es, galt nichts in der Familie. Mit seiner Ruhe, mit seiner Gutmütigkeit und seiner Art, sich abseits zu halten. Seine Worte schienen ins Leere zu gehen. Aber am Ende merkten wir, dass immer alles so gelaufen war, wie er es wollte.

Meine Mutter erzählte, dass sie ihn einmal in einem Dorf, in das er versetzt worden war, zwei enthauptete Carabinieri finden ließen. Und dass einer von ihnen aus dem Veneto stammte.

Der Großvater mütterlicherseits war dem Faschismus nie wohlgesonnen. Er hielt die riesigen Aufmärsche, die Reichsrhetorik für reichlich geschmacklos. Er hatte vorausgesehen, dass aus diesem ganzen Zauber bald Leid und Trauer werden würde. Er schüttelte den Kopf, erinnert sich meine Mutter, als Italien den Krieg begann. Während viele sich von der Woge der Begeisterung mitreißen ließen.

Der Großvater meines Vaters musste nach Amerika auswandern, in Folge der Schulden, die sein Bruder gemacht hatte, der Musiker und Komponist war. Er nahm den Musikerbruder und den jüngsten Sohn mit, da er dachte, noch am besten könne der sich an das neue Leben auf einem anderen Kontinent einstellen.

Als ich anfing Musik zu machen, sagte mein Vater zu mir: „Hoffentlich endest du nicht wie Onkel Ciccio."

Tatsächlich aber, sagt man, hat der berühmte Onkel Ciccio, der in Amerika zu Frank wurde, ein kleines Vermögen als Musiker gemacht. Er hatte dort mehr Möglichkeiten, mit Auftritten Geld zu verdienen, erinnert sich meine Tante, die den Kontakt mit den Verwandten in Amerika pflegte.

Von diesem Onkel Frank habe ich nur noch ein Foto. Frank Vetry. New Mexico. Steht hinten drauf.

Der Bruder meines Großvaters wurde ganz und gar Amerikaner. Als der Krieg ausbrach, wurde er eingezogen und beschloss, gegen die Japaner im Pazifik zu kämpfen, weil er wusste, dass sein Bruder in Europa auf der Gegenseite kämpfte.

Er wurde Flieger, auf einem amerikanischen Flugzeugträger. Er flog die Thunderbolt und die Lightning F4 A1, das waren Flugzeuge, die eine seltsame Form hatten, mit zwei getrennten Heckflossen, die sich dann zu einem großen Querruder vereinten.

Meine Tante, die Schwester meines Vaters, sagt, dass er eine ziemlich oberflächliche Ausbildung erhielt. Er war nie in einem Flugzeug gewesen, nicht mal als Passagier, und nach wenigen Wochen war er auf einem Flugzeugträger im Pazifik.

Meine Tante erzählt, dass viele seiner Kameraden beim ersten Zusammenstoß mit den japanischen Fliegern starben, ohne auch nur einen Schuss abgefeuert zu haben.

Im Jahr '43 bekam der Onkel aus Amerika eine Tochter. Die Amerikaner hatten gerade Sizilien befreit, deshalb nannte er sie Vittoria Sicilia.

Meine Großeltern nahmen in den Siebziger Jahren ein Flugzeug und besuchten die Verwandten in Amerika. Als sie zurückkehrten, erzählten sie wundersame Dinge.

Sie hatten keine richtige Küche, erzählte meine Großmutter. Während sie im Wohnzimmer waren, sagte sie, hätten sie gefragt, was wir essen wollten und zählten eine endlose Reihe von Gerichten auf. Man einigte sich auf Cannelloni. Jetzt will ich aber mal sehen, dachte meine Großmutter, wie sie die macht so ohne Herd und ob sie wirklich alle Zutaten im Haus hat. Die Frau des Onkels aus Amerika sei dann vom Sofa aufgestanden, sagt meine Großmutter, habe eine Schachtel aus einem Schrank genommen und sich darauf beschränkt, sie in einen anderen Schrank zu schieben. Nach wenigen Minuten holte sie die Cannelloni raus, die, schwor meine Großmutter, für amerikanische Cannelloni nicht schlecht waren.

Völlig verrückt, kommentierten alle anderen.

Junk food, würden wir heute sagen.

Mein Großvater sagte, in Amerika gab es Wasserhähne, aus denen Sprudelwasser kam oder Coca Cola oder Bier oder Wein.

„Mein friend, do you want Wein oder Coke? Der Hahn hier is für'n Wein und der hier für Coke, you see?"

Herrlich, dachten wir Enkel, in Amerika kommt Coca Cola aus den Wasserhähnen.

Als ich das meinen Klassenkameraden erzählte, glaubte mir keiner. Aber allen gefiel es, meine Geschichten vom Land der magischen Wasserhähne zu hören, aus denen Coca Cola kam.

Einmal kamen uns in Sizilien Verwandte aus Amerika besuchen. Es war ein älteres Ehepaar. Ich erinnere mich, dass es ihm, dem Ehemann, schlecht ging, weil er zuviel gegessen hatte. Sie wollten den Ort in den Madonien* besuchen, aus dem sie stammten. Sie sprachen eine seltsame Mischung aus Amerikanisch und Sizilianisch.

„My mother schien mir immer aus diesem village."

„Ich hab keine Ahnung where is mein Haus here."

„Meine Mutti was born in dem Ort hier, sure, in dem Ort was born ..."

Mein Vater erinnert sich, dass, wenn sie einen Olivenbaum sahen, sie seine Blätter streichelten und sagten „it's wonderful!"

Im Haus meines Großvaters habe ich zwei Ausgaben des *Giornale di Sicilia* gefunden. Eine vom siebzehnten April 1941, die andere vom ersten Januar 1942.

Die Überschriften von der von 1941 lauten: *Spalato in Jugoslawien und Erseke in Griechenland nach heftigen Kämpfen von unseren Truppen besetzt. Die Deutschen dringen in Griechenland weiter vor und gelangen bis zur Linie unterhalb des Olymp.*

In der Ausgabe vom Januar '42: *Starke Flugbewegungen der Alliierten. Einer unserer Aufklärer nimmt es am Himmel von Agedabia mit 11 feindlichen Flie-*

gern auf und schießt drei davon ab. Heftige Artilleriegefechte an der Front von Sollum-Bardia.

Außerdem ist ein Foto zu sehen, auf dem ein paar Soldaten ausgestreckt auf dem Boden liegen mit einem Maschinengewehr. *Bei den Truppen des CSIR*: Kämpfe um die Eroberung einer wichtigen Stellung an der Peripherie einer Stadt im Donez-Becken.* Lautet die Bildunterschrift.

Es gibt sogar auf der nächsten Seite eine Anzeige für die Lieder von Raschele. Ob Rascel* gemeint ist?

Nachdem er von den Feldzügen in Albanien, Jugoslawien und Griechenland zurückgekehrt war, wurde meinem Großvater angeboten, entweder nach Russland zu gehen oder als Ausbilder in Sizilien zu bleiben. Er blieb. Von dem Bataillon von Sturmpionieren, das nach Russland geschickt wurde und dem er angehört hätte, kehrten acht zurück.

Von dieser Zeit, die mein Großvater in relativer Ruhe verbrachte, habe ich noch einige Fotos.

Er steht da, die Hände in den Taschen, Zigarette im Mund und beobachtet einen Soldaten, der mit einem Flammenwerfer beschäftigt ist.

Er sitzt, die Beine übereinander geschlagen, vor einem Zelt, das an einem Waldrand aufgebaut ist.

Er zwischen Soldaten, die einen Granatwerfer bedienen.

Eine lange Reihe von Panzern des Typs L3, genannt „Sardinendosen".

Er, Zigarette im Mund, lächelt, umgeben von anderen Offizieren.

Er, wie er einem Soldaten zuschaut, der eine Handgranate wirft.

Mein Vater hat den Verdacht, dass mein Großvater in dieser Zeit mit einer Frau zusammen lebte, in eheähnlicher Beziehung, und alle Kameraden dachten, sie sei seine Ehefrau.

Einmal, ich war vielleicht fünfzehn, ging ich ans Telefon und hatte eine sogenannte Kriegsdame meines Großvaters am Apparat. Sie sprach mit venezianischem Dialekt. Ich sagte ihr, mein Großvater sei seit einigen Jahren tot. Nach so vielen Jahren dachte sie noch an ihn. Wer weiß, was ihr durch den Kopf gegangen war. Welche plötzliche Erinnerung sie dazu gebracht hatte, im Telefonbuch nach dem Namen meines Großvaters zu suchen. Wer weiß, ob das Wissen um seinen Tod ihr wehgetan hat.

Mein Vater erinnert sich an diese Kriegsdame. „Sie war ein wunderschönes Mädchen aus dem Veneto. Ich habe sie einmal gesehen." Vielleicht war sie jene andere Ehefrau meines Großvaters. Oder eine der anderen.

Mein Großvater pflegte zu sagen: Zuviel Denken behindert den Fluss der Handlung.

Er stand in dem Ruf, ein großer Verführer zu sein. Meine Großmutter regte sich furchtbar auf, als sie herausfand, dass er in seinem Ingenieursbüro ein Doppelbett stehen hatte. „Das ist für das Mittagsschläfchen", rechtfertigte er sich.

Meine Großmutter, habe ich immer gedacht, war im Grunde zufrieden und stolz auf den Erfolg, den mein Großvater bei den Frauen hatte. Man musste ihn nur in Schach halten.

Meine Großmutter kam aus Umbrien. Ihr Bruder war im Krieg in Afrika. Er wurde von den Engländern gefangen genommen und nach Rhodesien gebracht. Dort dressierte er einen kleinen Vogel, der die Zigaretten aus seiner Jackentasche nahm und ihm in den Mund steckte. Von ihm hebe ich ein Zigarettenetui aus Blech auf. Drinnen ist das Gefangenenlager eingraviert, mit dem Stacheldrahtzaun, den Zelten und den Wachtürmen. Südafrika POW steht da geschrieben, Prisoner Of War.

Er schrieb ein Buch über seine Gefangenschaft und über das Vögelchen. „Pinì, der kleine Rhodesier" hieß es.

„Warum darf ich nicht selbst fahren, wo es mir doch blendend geht?" fragt mein Vater. Gedächtnisstörungen, Vater …

„Aha!"

Ich erinnere mich, dass ich einmal bei einem Mittagessen im Hause des Großvaters, als ich noch klein war, mit dem Zuprosten ziemlich übertrieben habe. Vom Alkohol-Rausch gepackt ging ich sogar in sein Zimmer und klaute eine seiner Toscani-Zigarren. Nach dem Essen setzte ich mich unter einen Baum und rauchte sie alleine ganz auf. Ich erinnere mich, dass ich mich die ganze Nacht übergeben habe. Und nachdem ich alles meiner Familie gebeichtet hatte, lachten die sich kaputt.

Mein Vater hat sich vor kurzem den Oberschenkel gebrochen. Er wurde operiert, und nach wenigen Tagen war er wieder ganz hergestellt. Nur die Nacht, die ich nach der Narkose bei ihm im Krankenhaus verbracht habe, war ein einziges Delirium. Er sah Vögel durchs Zimmer fliegen, Papageien saßen wie Hühner auf der Stange am Fußende seines Bettes, andere seltsame Tiere versammelten sich auf seinem Bett, und dann, da er nicht wusste, wo er war, fing er immer wieder an sich anzuziehen und wollte gehen. Plötzlich dachte er, er wäre in einer drittklassigen Pension gelandet: „Bedienung!", rief er, „in was für ein schäbiges Hotel habt ihr mich denn gebracht? Und was sind das für Tiere?“ fragte er und deutete auf die anderen Patienten in dem Zimmer.

„Der Einzige, der an mich gedacht hat und mich besucht hat, war Onkel Franco“, sagte er zu mir am nächsten Tag, als er wieder normal geworden zu sein schien. „Aber der ist seit zwei Jahren tot“, sagte ich. „Das tut nichts zur Sache“, antwortete er mir.

Schließlich dachte ich, dass vielleicht Onkel Franco, der seit zwei Jahren tot ist, doch in der Nacht bei ihm zu Besuch im Krankenhaus war. Vielleicht haben sie sich daran erinnert, wie sie im Schnee spielten in Petralia, als sie klein waren, und wie sie am Totensonntag Orangen und Marzipanfrüchte geschenkt bekamen …

Der Übergang von den Ferien mit meiner Familie zu den Reisen allein vollzog sich allmählich. Das heißt, in einem Jahr bin ich zuerst mit ihnen verreist, und zwar nach Griechenland, danach, dann alleine, ging’s nach London.

Ich konnte nirgendwo anderes hin als nach London, der Stadt der besten Jeans mit Rissen an den Knien, der Lederjacken und der unauffindbaren Platten.

Die Fahrt habe ich zusammen mit dem Unbegabten

gemacht. Wir haben etliche Mal unser Leben riskiert. Jeden Abend mindestens eine neue Schlägerei in der Unterwelt der Punkszene im London der achtziger Jahre.

Einmal ist einer in einen Pub rein gekommen, er war komplett wie ein Cowboy gekleidet. Irgendwer wagte es zu lächeln und kriegte prompt ein Pint Bier derart auf die Zähne, dass es zerbarst. Danach brach die Hölle los.

Wir haben eine Menge Konzerte mitgekriegt, und auch die endeten in unglaublichen Schlägereien. Am Eingang wurden wir alle von Kopf bis Fuß durchsucht. Wir mussten sogar die Schuhe ausziehen.

Einmal bei einem Konzert schob ein im Rockabilly-Stil gekleidetes, sehr dickes Mädchen, das gesehen hatte, dass der Unbegabte einen Fotoapparat umhängen hatte, seinen Rock hoch, bis man eine auf den Hintern tätowierte Rose sehen konnte. „Fotografier hier!“ sagte sie auf Englisch.

Weil wir noch minderjährig waren, durften wir keinen Alkohol trinken. Wir waren es leid, zu den Konzerten oder in die Pubs zu gehen und nur Fruchtsaft oder Cola zu trinken. Einmal habe ich einen Plan entwickelt, um wenigstens ein Bier trinken zu können. Wir sind in einen Supermarkt gegangen und haben in den Einkaufswagen etliche Sachen gelegt und ganz nebenbei auch ein paar Dosen Bier. An der Kasse sind wir unbehelligt durch gekommen, haben alles bezahlt und sind glücklich raus gekommen. Jetzt setzen wir uns in einen hübschen Park und trinken uns ein Bier, sagten wir.

Nur, wir haben dann eine unangenehme Überraschung erlebt. Es waren alkoholfreie Biere, die ziemlich ekelhaft schmeckten. „Toller Plan, dein Plan", kommentierte der Unbegabte und nippte am Shandy …

„Heute hat dein Vater dreimal Brot gekauft". Sagt meine Mutter. Frier es ein. Sag ich.

Nach dem Konzert in der Weltweiten Bruderschaft erhielten wir Anfragen von all den alternativen Lokalen, die uns bis kurz vorher die Tür vor der Nase zu gemacht hatten.

„Ja, aber jetzt müssen sie uns bezahlen". Sagte der Unbegabte. „Wenn sie Die Megaschweine wollen, müssen sie zahlen. Jetzt haben wir einen Namen."

Der Unbegabte tobte sich mit dem Verfassen von Texten aus. Einer, den er selber sang, mit einer Stimme wie ein neapolitanischer Schlagersänger, ging so:

Du wirst du wirst die schlimmsten Tage haben,
die du je hattest
Du wirst du wirst deine Adresse verlieren,
die du nie hattest
hast du einen Plan?
Nein, nicht für morgen
die Sache ist die, ich habe mich verirrt. (gesprochen)

Wir haben ein schönes Konzert im Zirkel der Zukunft gegeben. Auf den Plakaten, die in der ganzen Stadt hingen, stand: „Die Invasion der Megaschweine! Punkkonzert im Zirkel der Zukunft. Kommt zahlreich!"

In der Tat liefen eine Menge Leute auf. Es hat uns schon beeindruckt, als wir eine lange Schlange Jugendlicher mit zerrissenen Hosen am Eingang warten sahen. „Alles Neureiche" hat der Unbegabte sie abgestempelt. Normalerweise haben sie uns nach den ersten Takten alles Mögliche entgegen geschmissen.

Sie haben jedem von uns dreißigtausend Lire bezahlt.

Wenn irgendein Freund von uns in der Gruppe mitspielen wollte, war das kein Problem. Jeder konnte mit jedem beliebigen Instrument kommen und versuchen mitzuspielen. Mitgespielt hat der ältere Bruder des Schlagzeugers, Percussion, die Freundin des neuen Gitarristen, die sang, und ein Cousin des Unbegabten, Klavier im vierten Jahr am Konservatorium …

Einmal kam einer vorbei, der im gleichen Haus wohnte wie der Schlagzeuger. „Mein Schwager spielt seit kurzem Trompete", sagte er uns. „Soll ich ihn mal mitbringen?"

In der Regel dauerte diese Zusammenarbeit zwei drei Proben lang. Es gab Zeiten, da ließen wir das Rolltor der Garage oben und jeder, der vorbei kam, konnte bei uns mitmachen. Wir spielten mit Leuten, die wir danach nie wieder gesehen haben.

Zu einem unserer Konzerte kam mal eine Art Musikkritiker einer Lokalzeitung. „Durchaus mühsam zuzuhören" hat er über uns geschrieben.

Das einzige Problem war der Schlagzeuger. Er war launisch und manchmal sturzbesoffen. Manchmal war er zugänglich, freundlich, zitierte kluge Sachen und kochte ausgezeichnet. Andere Male war er ekelhaft, mürrisch, wurde handgreiflich und war vor allem betrunken.

Bei einem Konzerte hatte er so viel getrunken, dass er über dem Schlagzeug zusammenbrach. Einige Minuten blieb er regungslos so liegen, dann kam er wieder hoch, wollte aber nicht weiterspielen. „Ich streike! Eure Musik ist Scheiße“, sagte er. „Ich will euch nicht mehr sehen“. Und wir beknieten ihn im Chor. „Lass uns wenigstens das Konzert beenden“, sagten wir … Und er, nichts zu machen. Unnachgiebig. Die Leute dachten, das gehöre alles dazu. Sie lachten. „Schöne Nummer, die mit dem Schlagzeuger“, sagten alle.

„Haben wir lange für geprobt“, sagten wir.

Manchmal rief er mich nachts um drei oder vier Uhr an und wollte, dass ich ihn am anderen Ende der Stadt abholte, weil er seinen Autoschlüssel verloren hatte oder nicht mehr wusste, wo er ihn hingelegt hatte. Und ich zog mich an und fuhr los und fluchte.

Andere Male kam er zu Proben oder Konzerten überhaupt nicht, und wir mussten absagen. So haben wir mit dem neuen Gitarristen einen ganz hinterhältigen Plan ausgeklügelt. Wir hatten bemerkt, dass er nach den Tagen im Suff ruhiger war, nachgiebiger, und nur literweise Mineralwasser trank.

So zogen wir an den Abenden vor den Konzerten mit ihm durch ein paar Kneipen, spendierten ihm dort zum Warmlaufen ein paar Gläser, und dann ließen wir ihn da zurück, damit er trank bis zum Umfallen.

Tags drauf beim Konzert war er nüchtern, reumütig mit gesenktem Kopf und mit einer Flasche Mineralwasser unterm Arm. Dabei kamen nicht die größten Leistungen raus, aber wenigstens konnten wir unsere Konzerte beenden.

„Dein Vater hat mich heute gefragt: Ist es morgens oder abends?" Ich habe meine Brille verloren. Ich habe den ganzen Tag damit zugebracht, die letzten Stunden meiner Brille zu rekonstruieren.

Ich habe ein Foto meines Großvaters in Uniform als junger Pionier, als *Avanguardista** gefunden.

Schon von klein auf war ich von Geschichte begeistert. Bereits in der Grundschule wusste ich alles über die Punischen Kriege, über das Römische Reich und über das Mittelalter. Wenn der Lehrer in der Sechsten meine Klassenkameraden zum Beispiel über Alexander den Großen abfragte, antworteten die, er sei ein mazedonischer Heerführer gewesen und habe die Perser besiegt. Ich dagegen sprach von der Schlacht von Gaugamela.

„Darius, der König der Perser, hatte beschlossen, Alexander bis zu einer Ebene, die von Hügeln umgeben war, vorrücken zu lassen. Dort würde er über den Feind, der große Kriegswagen, eine gute Kavallerie und indische Truppen und selbst Elefanten hatte, herfallen. In dieser Ebene wollte er die Truppen Alexanders, die deutlich in der Unterzahl waren, umzingeln und besiegen."

„Sehr gut, das reicht …"

„Einen Moment, denn Alexander hatte etwas bemerkt, dass dem König der Perser entgangen war."

„Und was?"

„Dass die Ebene trocken und staubig war."

„Aha, sie war trocken …"

„Ja, Herr Lehrer. Trocken und staubig. So richtete Alexander, der den Plan von Darius durchschaut hatte, Reiterstaffeln ein, die ihn Minute für Minute über den Stand der Schlacht informieren sollten."

„Gut, das reicht …"

„Einen Moment, Herr Lehrer … Als die persischen Truppen die mazedonischen angriffen, erhob sich eine dermaßen große Staubwolke, dass die Sicht nur noch wenige Meter betrug."

„Wie wenige? …"

„Das geplante Einkesselungsmanöver, das die Umzingelung ermöglicht hätte …"

„Ist gut, es reicht."

„Einen Moment … auf Grund der schlechten Sicht entstanden zahlreiche Lücken bei der Einkesselung …

„Es reicht, danke, es reicht …"

„Es war tatsächlich eine Reiterstaffel von Alexander, die eine riesige Lücke in den Reihen der Perser bemerkte und dank dieser Information beschloss der Mazedonier … “

„Es reicht! Schluss! Basta! …“

„Reden wir jetzt von Salamis?“

Ich wusste alles auch über den Zweiten Weltkrieg. Ich wusste von der Vernichtung der Juden. Ich war immer in Versuchung, meinen Großvater zu fragen: Und wusstest du es?

Ich habe es nie getan.

Tief drinnen dachte ich: Er kann es nicht gewusst haben.

Mein Großvater, der alle Enkel mit dem R4 zur Bar fuhr, konnte davon nichts gewusst haben.

Ahnte er etwas?

Und wenn er nichts wusste, was hat er getan, wie hat er reagiert, als er es erfahren hat?

Alles Märchen, hätte er das gesagt?

Schon möglich, aber ich wusste nichts davon?

Mein Vater erinnert sich, dass für meinen Großvater die kurze Periode der Ruhe, als er die neuen Rekruten in Sizilien ausbildete, mit der Landung der Amerikaner endete.

Er war bei den ersten Einheiten, die mobilisiert wurden, um der Landung entgegen zu treten.

„Es gab schwere Kämpfe in der Gegend von Floridia und in der Ebene von Catania", erinnert sich mein Vater.

„Großvater hat mir erzählt", sagt mein Vater, „dass die Amerikaner die ersten Tage nach der Landung den Befehl hatten, keine Gefangenen zu machen."

Mein Onkel erinnert sich, dass Großvater nach der Niederlage und dem Rückzug durch die Meerenge von Messina mit der Division Göring abzog.

Und hier verlieren sich seine Spuren. Wir wissen, dass er den ganzen Italien-Feldzug mitmachte. Dass er dem 8. September* keinerlei Beachtung schenkte. Er kannte keine Zweifel. Er machte weiter, als sei nichts geschehen. Aber wie er weiter machte, was er trieb, darüber weiß man nichts.

Mein Vater erzählt, dass er am Ende des Krieges, als er in Norditalien war, das Bataillon, das er befehligte, auflöste und alle nach Hause schickte. Dann ging er zur Kommandantur und ließ sich den Sold seiner Männer auszahlen. Mit dem ganzen Geld kaufte er einen Esel und einen Karren, und mit dem durchquerte er ganz Italien und kehrte nach Sizilien zurück.

Eine Familienlegende besagt, dass er ganz ausgehungert einmal seinen Karren abstellte und sich vor einem Feuer bei den Partisanen einreihte, die er unterwegs gesehen hatte, als sie zur Essensausgabe anstanden. Und dass er noch seine Uniform an hatte. Im Dunkeln haben sie es nicht bemerkt …

Die Division Hermann Göring. Mein Vater sagt, dass mein Großvater an der Seite der Göring in Sizilien gegen die Amerikaner gekämpft hat. Dass er ihr aber nie angehört hat.

Die Division Hermann Göring. In einem Geschichtsbuch wurde sie definiert als „von besonders nazitreuen Kräften gebildet".

„In der Gemeinde von Sesto Fiorentino", lese ich im Internet, „sind vierhundertfünfzig Soldaten der Göring befasst mit der Säuberung (sic!) der von Partisanen besetzten Gebiete".

1944 setzt die Göring in Rieti die Dörfer des Enza-Tals in Brand.

Ich sage mir, Großvater hat nur in Sizilien gegen die Amerikaner gekämpft an der Seite, sage ich, an der Seite der Division Göring.

Er konnte sich nicht der Göring anschließen. Ein Italiener in der Göring …

Und doch kommt mir ein seltsames Foto in den Sinn, das ich in einem Geschichtsbuch gesehen habe. Gleich nach der Landung in der Normandie, man sieht eine lange Reihe mongolischer Soldaten in deutscher Uniform, die sich den Amerikanern ergeben. Und die Amerikaner, die sie verwundert anschauen.

Die Geschichte dieser Mongolen ist einzigartig. Die Russen, als sie nach dem Angriff der Deutschen in Schwierigkeiten steckten, hatten sie in der Mongolei geschnappt und gezwungen, einen Krieg zu kämpfen, von dem sie nicht mal was gehört hatten. So hatten diese Mongolen bei der ersten Gelegenheit die Seiten gewechselt. Und die Deutschen hatten sie dann nach Frankreich geschickt.

Ich habe noch ein anderes eigenartiges Foto gesehen. Bosnisch-muslimische Truppen als Teil der SS. Man sieht zwei Soldaten mit Naziadler auf ihrem Fez, und sie lesen ein Buch mit dem Titel *Islam und Judentum*. Vereint im Antisemitismus, könnte man sagen.

Mein Großvater konnte einen großen Teil der *Göttlichen Komödie* auswendig, und er liebte es, sie uns Enkeln vorzutragen. Einmal als er während des Krieges in der Toskana im Zug saß, hat er zwei Männern zugehört, die sich unterhielten. Der da ist wirklich ein Schwachkopf, sagte einer der beiden, er ist echt ein Blödmann, kapiert gar nichts. Genau so, sagte der andere, wie wenn man einem Sizilianer was über Dante sagt.

Mein Großvater, der ein großer, stattlicher Mann war, hat den einen am Kragen gepackt, hat ihn hoch gehoben und ihm ins Gesicht geschrien:

„Pape Satan, Pape Satan aleppe!" –
so schrie uns Pluto an. Jedoch der Meister,
der alles wusste, sprach: „Die Felsentreppe
uns zu wehren, haben diese Geister
nicht Macht genug, drum fasse wieder Mut."
Und diesen Trost vernehmend, ging ich dreister.
Dann zu dem Maul, aus dem sich Grimm entlud,
sich wendend, sprach er: „Schweig, verfluchter Drache!
Verzehr dich in dir selbst mit deiner Wut.
Nicht ohne Grund durchschreiten wir die Lache:
man will es droben, wo Sankt Michael
an stolzer Hurerei vollzog die Rache."
Wie die vom Wind geblähten Segel schnell
verwickelt fallen, wenn der Mast zerkracht ist,
*so fiel dahin der grimmige Gesell.**

Und dann als er ihn wieder auf den Sitz fallen ließ, ich bin Sizilianer, hat er zu ihm gesagt … nun könnt ihr fortfahren im Text … sie haben ihn nicht fortgesetzt.

„Dein Vater hat mich heute gefragt, wo wir das Salz haben.“ Das ist ein Klassiker, sage ich.

„Aber er suchte es im Bad.“ Sagt meine Mutter.

„Also, wenn wir jetzt zur Ärztin kommen, was soll ich ihr dann sagen? Welche Beschwerden habe ich?“ Gedächtnisverlust Papa …

„Hast du den Scheinwerfer an?“ Ja, Papa.

„Hast du den Scheinwerfer an?“ Ja, Papa.

„Hast du den Scheinwerfer an?“ Ja, Papa.

„Es heißt, jetzt, nach dem neuen Gesetz, muss man auch tagsüber mit Licht fahren.“ Ja, Papa.

„Wo fahren wir hin?“ Nach Messina, Papa.

„Und wozu?“

Mein Vater erinnert sich, dass mein Großvater unmittelbar nach Kriegsende wegen seiner Vergangenheit nicht sofort wieder arbeiten durfte. Sie hatten ihm sogar den Führerschein abgenommen. Aber er, erinnert sich mein Vater, fuhr trotzdem.

In dem Haus auf dem Land habe ich eine Jacke, sie hängt an der Wand und ist von den Sturmpionieren meines Großvaters. Auf dem rechten Ärmel ist ein Schwert auf einer Flamme.

Ich habe ein Foto gefunden von General Graziani, der berühmt ist für die grausame Repression in Äthiopien. Er ist schon älter auf dem Foto. Seine Uniform und der Helm sind mit Schnee bedeckt. „Ostalpen 1945“ steht darauf. Und seine eigenhändige Unterschrift.

Der General Graziani, der ausgemustert worden war wegen der ersten Misserfolge in Nordafrika und dann recycelt wurde als Armeechef in der *Repubblica Sociale**.

Dieses Foto habe ich in meinem Zimmer auf dem Land aufgehängt. Viele fragen mich, wieso hebst du dieses Foto auf? Es gehörte meinem Großvater, sage ich.

„Ich weiß nicht mehr, was ich der Ärztin sagen soll …“, sagt mein Vater. Gedächtnisstörungen, Papa …

„Und wie heißt sie noch, die Ärztin?“

Musolino, Papa …

„Den Namen kann man nicht vergessen … der gefährliche Bandit Musolino!“

Mein Großvater war immer sehr elegant gekleidet. Er hatte einen Schneider seines Vertrauens, der ihm die Maßanzüge schneiderte.

Ich habe auch ein Plakat mit dem riesengroßen Gesicht Mussolinis drauf, umgeben von rauchenden schwarzen Schloten. *„Begrüßt im Duce den Gründer des Reichs"* steht darunter. Wieso verwahrst du dieses Plakat? Fragen sie mich. Gehörte meinem Großvater, sage ich …

Unter den Freunden meines Großvaters war auch ein Priester. Er war ein großer Pokerspieler, ein starker Raucher, ein Trinker und, so behauptete mein Großvater, ein „Weiberheld". Ihm fehlten ein Auge und ein Lungenflügel. Er war Militärpfarrer in der *Repubblica Sociale*.

Er beglückte uns mit dem Vortrag seiner Predigten, die er bei Hochzeiten hielt. Sie hatten alle denselben Aufbau. Er fing immer mit einem Zitat an, und dann ging's weiter, manchmal über Stunden.

„Catullo sagt, dass die Liebe Klang sei. Und ist nicht ein Klang auch das Ja der Braut? Und ist nicht Klang das Wimmern des Neugeborenen? Und ist nicht ein Klang der Kuss der Brautleute? Und ist nicht Klang die Umarmung der Eheleute im heiligen Bund der Ehe? …"

„Voltaire sagt, man müsse den eigenen Garten bestellen. Und ist nicht auch das Eheleben ein Garten? Und sind nicht die Nachkommen, die einer

Ehe erwachsen, ein Garten? Und ist nicht die Erziehung der Kleinen ein Garten? Und ist nicht die heile Familie ein Garten?“

„Einstein sagt, die Phantasie sei wichtiger als die Erkenntnis. Und ist es nicht Phantasie, ein gemeinsames Leben zu planen? Ist nicht der Wunsch, Kinder zu bekommen, Phantasie? Und ist nicht Phantasie eine gemeinsame Zukunft im heiligen Bund der Ehe? Und ist es nicht Phantasie … “

An diesem Punkt angekommen schlug mein Großvater dann meist mit der Faust auf den Tisch „Pater Scandurra! Es geht uns auf den Sack!“

Und sie fingen an, Poker zu spielen.

„Ihr seid keine gebildeten Männer …“, sagte Pater Scandurra und bemühte sich, mit dem guten Auge seine Karten richtig zu sehen.

„Heute hat dein Vater den Müll in den Kleiderschrank gesteckt“, sagt meine Mutter. Ich finde weiterhin meine Brille nicht …

Der Bruder des Vaters des Unbegabten galt als in Russland vermisst. Man hörte nie wieder was von ihm.

Der Großvater des Schlagzeugers machte den Afrikafeldzug mit. Nach der Niederlage von el-

Alamein und dem Gegenangriff der Engländer erreichte er zu Fuß Tunesien, indem er die Wüste durchquerte. Er wurde Regional-Abgeordneter des *Movimento sociale**.

Der Großvater des Dylanliebhabers wurde vom 8. September in Jugoslawien überrascht. Immer schon Sozialist, schloss er sich den Partisanen von Tito an.

Der Großvater des zweiten Gitarristen wurde von Partisanen in Norditalien erschossen. Der Bruder seines Großvaters wurde nach Polen deportiert und dann nach Deutschland mit der Organisation Todt.

„Wie heisst die Ärztin?"

Musolino …

„Und was behandelt sie?"

Gedächtnisstörungen, Papa …

„Aha!"

Nach einiger Zeit lösten sich Die Megaschweine auf. Politische, ökonomische, musikalische Differenzen … Übrig blieben der neue Gitarrist und ich. Der Unbegabte begann ein neues Leben und schrieb sich in Jura ein. Der Schlagzeuger zog nach Berlin.

Mit dem neuen Gitarristen und einem Ex-Hippie-Schlagzeuger haben wir eine neue Gruppe gegründet. Die Sturm und 'ndrangheta.

Ich fuhr hin, um ihn zu besuchen, unseren ersten Schlagzeuger, nach Berlin. Es gab die Mauer noch. Palermo – Berlin mit dem Zug. Ich erinnere mich, dass ich auf der ganzen Fahrt kein Auge zugemacht habe. Ich erinnere mich an lange Zugstrecken, die zwischen zwei Mauern entlang führten. Die Kontrollen der ostdeutschen Polizei. Sie ließen Schäferhunde unter den Waggons entlang laufen, um zu verhindern, dass jemand sich heimlich unter dem Zug festhielt und so die Grenze passierte.

Ich erinnere mich an die Vopos. Die Volkspolizei, die Polizei des Volkes von Ostberlin. Wenn man von der anderen Seite der Mauer mit dem Fotoapparat auf sie zielte, verdeckten sie ihre Gesichter. Offensichtlich wollten sie keine Spuren ihrer ideologischen Überzeugungen hinterlassen … und vielleicht wussten sie schon, dass die DDR nicht lange überdauern würde …

An meinem ersten Tag in Berlin bin ich abends um sieben aus dem Haus gegangen und am anderen Morgen um neun zurückgekehrt.

Ich habe ein Jazzkonzert um acht gesehen, eine Kunstausstellung um zehn, die Eröffnung eines Programm-Kinos um elf, um Mitternacht Abendessen bei Freunden, um ein Uhr sind wir alle losgezogen zu einem Punkkonzert, um drei in eine Diskothek, um fünf alle ins Domina, einem Lokal mit einem ganz gemischten Publikum: Transsexuelle und Skinheads; dort ging man dann vom Wodka über zum Frühstück mit Cappuccino und Croissants.

Es gab im Domina eine Spiegeltür. Man konnte nicht rein schauen, aber von drinnen konnte man sehen, wie die Leute langsam zur Arbeit gingen. Um sieben ein Rockabilly-Konzert, um acht Uhr morgens gingen wir alle an den Flughafensee zum Baden.

Am anderen Tag hatte ich vierzig Fieber.

Erschöpfungsfieber, sagte unser Ex-Schlagzeuger.

Von da an fuhr ich vier Jahre in Folge nach Berlin, in Urlaub …

Die Wohnung meines Freundes lag in der Nähe eines riesigen alten Bunkers aus dem zweiten Weltkrieg.

„Also was soll ich Dr. Musolino sagen? Welche Beschwerden habe ich?"

Gedächtnisstörungen, Papa …

Mein Vater hebt alles auf. In einer alten Garage auf dem Land hat er Dinge gesammelt und säuberlich katalogisiert, die viele für unnötig erachten würden. Schnüre, Flaschen, Korken, Papier und Kartons, Gläser, alte Schuhe, Zeitungen …

Mein Vater kaufte schon, auch als er noch keine Gedächtnisprobleme hatte, das Brot kiloweise.

Das war ein Relikt aus Kriegstagen. Na gut, heute haben wir Brot, aber was ist morgen? Die Korken, das Papier, die Flaschen, wenn sie dann mal ausgehen? Oder wenn sie plötzlich durch neue, aus minderwertigen Materialien, ersetzt würden?

Und das hat er auch auf mich übertragen. Auch ich, der ich den Krieg nur aus Erzählungen kenne, wasche das Glas akkurat aus, wenn ich die Marmelade aufgegessen habe, und stelle es auf eine Anrichte, und nach einiger Zeit frage ich mich dann, wofür hebe ich es auf? und dann schmeiße ich es weg. Aber immer zum Altglas … was auch eine Art ist, sich nicht gänzlich davon zu trennen …

Eines Tages ging es meinem Großvater auf einmal nicht mehr so gut. Sie diagnostizierten eine Krankheit, die uns nicht viel Hoffnung ließ. Als man ihm das sagte, antwortete er: „Ja, aber erst muss ich noch aufs Land zur Weinlese", ganz ruhig.

Er war nicht mehr in der Lage, selber zu fahren. Er ließ sich von einem Fahrer aufs Land bringen, aber die letzten Meter der Allee, die zu seinem Haus führte, wollte er selber fahren und einen triumphalen Einzug halten. Es wurde eine glückliche Ernte, auch wenn wir alle kapiert hatten, dass Großvater nicht mehr viel Zeit blieb. Wenige Tage später starb er. In den letzten Augenblicken seines Lebens schaute er mich an und sagte: „Schade, wir hätten aufs Land fahren können …"

Ich habe das Negativ des Fotos entwickeln lassen, das in der *Macedonia*-Packung steckte, auf der stand: „Gott schütze dich".

Darauf ist mein Großvater, lächelnd, die Zigarette schräg im Mund, vor einem Haufen Körper getöteter Menschen.

ANMERKUNGEN

*S. 16: Bäuerliche Herkunft bleibt immer ungehobelt.

*S. 44: *Carso*: Karstlandschaft Norden Italiens, in der heutigen Region Friaul-Julisch-Venetien

Armando Diaz, im Ersten Weltkrieg Generalstabschef des italienischen Heeres

*S. 56: *Risorgimento*: Zeit der italienischen Einigungsbewegung nach dem Wiener Kongress (1815 – 1870)

Am Fluss *Piave* wurden im Ersten Weltkrieg wichtige Schlachten zwischen Österreich und Italien geschlagen

*S. 63: *Madonie* oder auch *Le Madonie*: Gebirgsregion im Norden Siziliens

*S. 64: *CSIR*: italienisches Korps in Russland

Renato Rascel (1912 – 1991) italienischer Schauspieler, Sänger, Tänzer und Komiker

*S. 74: *Avanguardista*: Paramilitärische Organisation im faschistischen Italien für Jugendliche zwischen 14 und 17 Jahren.

*S. 77: *8. September 1943*: Tag der Bekanntgabe des Waffenstillstands Italiens unter Marschall Badoglio mit den Alliierten.

*S. 80: Auszug aus der Göttlichen Komödie nach der Übersetzung von Otto Gildemeister

*S. 82: *Repubblica Sociale*: Faschistischer Rumpfstaat, der im Norden Italiens nach der Unterzeichnung des Waffenstillstands durch Badoglio gegründet wurde.

*S. 85: *Movimento Sociale* Italiano (MSI): neofaschistische Partei im Nachkriegs-Italien bis 1995, letzter Vorsitzender war der spätere italiensche Außenminister und Parlamentspräsident Gianfranco Fini.

LA BANDA DI PALERMO

Nino Vetri, der Autor dieses Buches, ist auch Musiker und einer der Gründer der Gruppe *La banda di Palermo*. Die Gruppe, die sich einer Art experimenteller Ethno-Folk-Tanzmusik verschrieben hat, besteht seit 1993 und hat bisher sechs CDs veröffentlicht.

Giacco Pojero – Akkordeon, Gesang
Nino Vetri – Tenorsaxofon, Tubofone, Gesang
Antonella Romana – Pocket trumpet, Gesang
Tommaso Chirco – Bass
Fabio Perricone – Schlagzeug
Marco Monterosso – Gitarre
Fabrizio Oddo – Euphonium, Posaune

Die beigelegte CD enthält sechs Songs mit Vertonungen literarischer Texte:

01 **Canzone di Nino**[2]	Text von Dylan Thomas
02 **Lince***[3]	Text von Ezra Pound
03 **Che cosa è**[4]	Text von Adele Gloria
04 **K**[5]	Musik für Kafkas *Schloss*
05 **Il mondo capovolto**[5]	Text von Shakespeare
06 **Woyzeck**[5]	Text von Georg Büchner

Musik aller Titel von Giacco Pojero/Nino Vetri, (*)mit Marc de Dieux, (2)von der CD „eredi" 1999, (3)von der CD „drip drop" 2001, (4) von der CD „Fel Shara Kannet" 2002, (5)von der CD „K" 2008

CANZONE DI NINO

E dai sospiri nasce qualcosa
ma non è amore questo l'ho annientato
prima dell'agonia lo spirito cresce scorda e piange
nasce un nonnulla che gustato é buono
non tutto poteva deludere
c'è grazie a Dio qualche certezza
che non è amore se non si anta bene
e questo è vero dopo perpetua sconfitta.
Se ciò bastasse se ciò bastasse a dare sollievo al male
Potrebbe la vacue parole sostenere
Tutto il dolore e liberarci dal male
Se ciò bastasse
Ossa tendini e sangue il cervello attorcigliato
I lombi benfatti
Cercando a tastoni la materia sotto la ciotola del cane
L'uomo potrebbe guarire dal cimurro
Che tutto quello che va dato io l'offro
Briciola stalla e cavezza
E dai sospiri nasce qualcosa ...

Dylan Thomas

LINCE

Oh lince mia lince
oh lince gentile
fa la guardia a questo lambicco di montagna
fa la guardia a questo boccale di vino
finchè il dio non arrivi dentro questo wiskey
manitù dio delle messi ricorda il nostro grano
finchè il dio non arrivi dentro questo wiskey
kardes dio dei cammelli
che stai facendo qui?

Ezra Pound

CHE COSA È

Ah che cosa è
Questo splendore nel cielo
Ah che cosa è
Io ho freddo ma il sole mi ha
L'aria di un impiegato al catasto
Con la sua gioia domenicale
Anch'io ho indossato l'abito nuovo
Che puzza di naftalina
Per andare alla messa
Ma quant'è brutta la Carmelina
Fra la ressa dei sfaccendati
È passato l'orso, l'equilibrista
La reclame del circo equestre
Che buon odore di capretto al forno
Nemmeno oggi ho trovato marito
Mi dovrò fare un abito nuovo …

Adele Gloria

K

(Das Schloß – erstes Kapitel)
Es war spätabends, als K. ankam.
Das Dorf lag in tiefem Schnee.
Vom Schlossberg war nichts zu
sehen, Nebel und Finsternis
umgaben ihn, auch nicht der
schwächste Lichtschein deutete
das große Schloß an. Lange stand
K. auf der Holzbrücke, die von der
Landstraße zum Dorf führte, und
blickte in die scheinbare Leere
empor.

Franz Kafka

IL MONDO CAPOVOLTO

(King Lear – 3. Akt, 2. Szene)

Quando i preti sono preti a parole non a fatti, non a fatti
Quando i preti sono preti a parole non a fatti
Quando i birrai aggiungono acqua nelle botti, nelle botti
Quando i birrai aggiungono acqua nelle botti, nelle botti
Quando i nobili insegnano ai sarti a fare le gonne, a fare le gonne
Quando i nobili insegnano ai sarti a fare le gonne
E brucia come eredito soltanto chi va a donne
E brucia come eredito soltanto chi va a donne
E allora sarà il tempo beato se lo vedi
Che per andare a spasso si useranno i piedi.

Frei nach William Shakespeare

WOYZECK

(einzelne Zeilen aus folgender Sequenz:)

Wirtshaus

Die Fenster offen, Tanz. Bänke vor dem Haus. Bursche.

ERSTER HANDSWERKSBURSCH: Ich hab' ein Hemdlein an, das ist nicht mein; meine Seele stinkt nach Branndewein –

ZWEITER HANDWERKSBURSCH: Bruder, soll ich dir aus Freundschaft ein Loch in die Natur machen? Vorwärts! Ich will ein Loch in die Natur mähen! Ich bin auch ein Kerl, du weißt – ich will ihm alle Flöh am Leib totschlagen.

ERSTER HANDWERKSBURSCH: Meine Seele, meine Seele stinkt nach Branndewein! – Selbst das Geld geht in Verwesung über! Vergissmeinnicht, wie ist diese Welt so schön! Bruder, ich muss ein Regenfass voll greinen vor Wehmut. Ich wollt', unsre Nasen wären zwei Bouteillen, und wir könnten sie uns einander in den Hals gießen.

ANDRE im Chor: Ein Jäger aus der Pfalz ritt einst durch einen grünen Wald. Halli, hallo, ha lustig ist die Jägerei allhier auf grüner Heid. Das Jagen is mei Freud.

Woyzeck stellt sich ans Fenster. Marie und der Tambourmajor tanzen vorbei, ohne ihn zu bemerken.

WOYZECK: Er! Sie! Teufel!

MARIE im Vorbeitanzen: Immer zu, immer zu –

WOYZECK erstickt: Immer zu – immer zu! – Fährt heftig auf und sinkt zurück auf die Bank: Immer zu, immer zu! – Schlägt die Hände ineinander: Dreht euch. wälzt euch! Warum bläst Gott nicht die Sonn aus, dass alles in Unzucht sich übereinander wälzt, Mann und Weib, Mensch und Vieh?! Tut's am hellen Tag, tut's einem auf den Händen wie die Mücken! – Weib! Das Weib ist heiß, heiß! – Immer zu, immer zu! – Fährt auf: Der Kerl, wie er an ihr herumgreift, an ihrem Leib! Er, er hat sie – wie ich zu Anfang. – Er sinkt betäubt zusammen.

ERSTER HANDWERKSBURSCH predigt auf dem Tisch: Jedoch, wenn ein Wandrer, der gelehnt steht an dem Strom der Zeit oder aber sich die göttliche Weisheit beantwortet und sich anredet: Warum ist der Mensch? Warum ist der Mensch? – Aber wahrlich, ich sage euch: Von was hätte der Landmann, der Weißbinder, der Schuster, der Arzt leben sollen, wenn Gott den Menschen nicht geschaffen hätte? Von was hätte der Schneider leben sollen, wenn er dem Menschen nicht die Empfindung der Scham eingepflanzt hätte, von was der Soldat, wenn er ihm nicht mit dem Bedürfnis sich totzuschlagen ausgerüstet hätte? Darum zweifelt nicht – ja, ja, es ist lieblich und fein, aber alles Irdische ist übel, selbst das Geld geht in Verwesung über.

Georg Büchner